五行裡的世界史

顧嘉鏗——編　余境熹——著

白靈新詩演義

|【總序】不忘初心

李瑞騰

　　一些寫詩的人集結成為一個團體，是為「詩社」。「一些」是多少？沒有一個地方有規範；寫詩的人簡稱「詩人」，沒有證照，當然更不是一種職業；集結是一個什麼樣的概念？通常是有人起心動念，時機成熟就發起了，找一些朋友來參加，他們之間或有情誼，也可能理念相近，可以互相切磋詩藝，有時聚會聊天，東家長西家短的，然後他們可能會想辦一份詩刊，作為公共平臺，發表詩或者關於詩的意見，也開放給非社員投稿；看不順眼，或聽不下去，就可能論爭，有單挑，有打群架，總之熱鬧滾滾。

　　作為一個團體，詩社可能會有組織章程、同仁公約等，但也可能什麼都沒有，很多事說說也就決定了。因此就有人說，這是剛性的，那是柔性的；依我看，詩人的團體，都是柔性的，當然程度是會有所差別的。

　　「臺灣詩學季刊雜誌社」看起來是「雜誌社」，但其實是「詩社」，一開始辦了一個詩刊《臺灣詩學季刊》（出了四十期），後來多發展出《吹鼓吹詩論壇》，原來的那個季刊就轉型成《臺灣詩學學刊》。我曾說，這一社兩刊的形態，在臺灣是沒有過的；這幾年，又致力於圖書出版，包括同仁詩集、選集、截句系列、詩論叢等，迄今已出版超過百本了。

　　根據白靈提供的資料，2021年有6本書出版（另有蘇紹連創立

主編的吹鼓吹詩人叢書兩本，不計在內），包括截句詩系、同仁詩叢、臺灣詩學論叢，各有二本，略述如下：

截句推行幾年，已往境外擴展，往更年輕的世代扎根，也更日常化、生活化了。今年有二本：一是《斷章的另一種可能——截句雅和詩選》，由寧靜海・漫漁主編；一是白靈主編的《疫世界——2021～2022臉書截句選》。

「同仁詩叢」有蘇家立《詩人大擺爛》，自嘲嘲人，以雜文筆法面對詩壇及社會，暗含一種孤傲的情緒。另有白靈《瘟神占領的城市》，除了寫愛在瘟疫蔓延時，行旅各地的寫作，或長或短，皆極深刻；有一些詩作，有畫有影相伴；最值得注意的是原稿檔案，像行動藝術，詩人把詩完成的過程向讀者展示。兩本詩集，我各擬十問，讓作者回答，盼能幫助讀者更清楚認識詩人及其詩作。

「臺灣詩學詩論叢」，有同仁陳鴻逸的《海洋・歷史與生命凝視》，活躍於吹鼓吹詩壇的這位青年學者，勤於筆耕，有詩文本細讀能力，亦擅組構綿密論述文本，特能進出詩人的詩世界。而來自香港的余境熹，以《五行裡的世界史——白靈新詩演義》獻給臺灣讀者，演義的真工夫是披文以入情，詩質之掌握是第一要義。

詩之為藝，語言是關鍵，從里巷歌謠之俚俗與迴環復沓，到講究聲律的「欲使宮羽相變，低昂互節，若前有浮聲，則後須切響」（《宋書・謝靈運傳論》），是詩人的素養和能力；一但集結成社，團隊的力量就必須凝聚，至於把力量放在哪裡？怎麼去運作？共識很重要，那正是集體的智慧。

臺灣詩學季刊社永不忘初心，不執著於一端，在應行可行之事務上，全力以赴。

｜【自序】建築史，或「誤讀」的詩學

　　艾琳・格雷（Eileen Gray, 1878-1976）的第一座建築作品屹立在法國馬丁岬，其名為「E.1027」，寄寓著格雷對尚恩・巴多維奇（Jean Badovici, 1893-1956）的特殊感情——E為Eileen的首字母，10隱指排列第十的J，乃是Jean的略稱，然後2和7分別代表B和G，即Badovici和Gray的縮寫。

　　E.1027的入口有座彎曲的屏風，除了延長進入建築物的體驗外，還能遮蔽對客廳的直視，令中央空間兼有私密和公開的二重性、曖昧性。與之相應，E.1027的門廳也寫著三句話：客廳入口的「entrez lentement」（慢慢進入）、服務區入口的「sens interdit」（字面解「禁止進入」，但聽著像「禁止感受」或「不禁止」〔sans interdit〕），以及大衣掛鉤底下的「défense de rire」（不准笑）。它們在迎迓客人之餘，亦暗示某些百無禁忌的情侶活動不時佔用此一空間。

　　勒・科比意（Le Corbusier, 1887-1965）是舉世知名的建築師，同時是巴多維奇的密友，亦是E.1027的常客。然而，科比意與格雷之間或隱或顯地存著敵意。這起初是基於二人互相牴觸的理念：格雷反對科比意機械式的「建築五要點」，強調個人色彩，因此E.1027會放置以米其林人為靈感的椅子，露臺上會有救生圈；科比意喜愛利用水平長條窗及開放平面來增加房子的透明性，格雷卻在屋內多設障礙，營造出處處有驚喜的迷宮，制約著空間的開放度。

　　到1930年代初，格雷和巴多維奇的關係變得緊張。受不了巴

多維奇經常出軌和吵吵鬧鬧地喝酒，格雷最終搬離了E.1027。1938年，科比意來探訪獨居的巴多維奇，言談間說起可以在屋內增加幾張壁畫——結果，科比意在E.1027的牆上畫了好些色彩濃豔、充滿性暗示的圖，這令格雷大感震驚，認為是摧毀了她的設計。1948年，科比意又發表公開文章，回顧說九張大型壁畫都是畫在原先「最缺乏色彩、最不重要的牆面」上，藉此隱含對格雷的譏諷。實際上，科比意明瞭壁畫會搖撼E.1027的安定感覺，他只是故意如此作。同在1948年，科比意還去信巴多維奇，建議後者拆掉門廳的屏風——這之前，科比意已把情色畫面繪於其上，象徵性地移除了它對私密場景的遮擋。

給格雷帶來打擊的，還有納粹德國的部隊。1944年，敗局已成的德軍轟炸了法國聖特羅佩，格雷大部分繪畫和筆記本都被毀於戰火；德軍不但洗劫了她在卡斯泰拉的房子，還拿E.1027的牆壁來練習打靶，在上面留下許多彈孔——格雷的心血儼如遭行刑處決，她一生未再重返那間佈滿創痕的小屋。

倒是科比意，他跟E.1027似遠還近。科比意在戰後買下能夠俯瞰E.1027的土地，並在那兒另建了一間極簡主義的度假小屋，小屋不再採用大片玻璃窗，而是只設兩扇望海的方形窗戶，且有折疊式護窗板遮掩；護窗板上畫著一對愛侶，對面的牆則繪著生殖器龐大的半牛半人。這些色情的畫作，以及有違科比意一貫理念的空間設計，彷彿都與E.1027產生共鳴。

再後來，巴多維奇離世，他的妹妹放售E.1027。科比意為免親自出面，乃委請友人瑪莉一露易絲・薛爾柏特（Marie-Louise Schelbert, ?-1980）參與競投，又在背後發揮影響力，以致明明希臘船王亞里士多德・歐納西斯（Aristotle Onassis, 1906-1975）出價更高，而薛爾柏特還是能順利買下E.1027。隨後數年，科比意定期造訪E.1027，且堅持要薛爾柏特把它維持好，特別是不能移除格雷留下的家具。1965年，科比意溺死在E.1027下方的沙灘，其生命的最

後一頁仍與這座建築物緊密相連。

　　故事到這裡急轉直下，1980年，醫師彼得・卡基（Peter Kägi, ?-1996）把E.1027的絕大多數家具載回自己在蘇黎世的公寓，他的病患薛爾柏特則在三天後被發現身亡，E.1027的所有權竟輾轉落入卡基之手。據傳，卡基會在E.1027舉辦縱淫派對，以酒和毒品引誘男孩參加，直到十餘年後，他又在E.1027被兩名年輕男子殺害。

　　就這樣，格雷當初打造的房子因乏人料理，浸而淪為廢墟。擅闖者流連屋內，把僅剩的家具偷走或砸爛，文化毀棄，滿目瘡痍，慘不忍睹。許多人曾設法搶救E.1027，但都不得要領，無疾而終。意外地，竟是因修復科比意壁畫的計畫生效，E.1027才一併得到了法律的保護——誰能料到，那些並非所有人都接受的圖象會在幾度春秋之後，成為格雷首個建築作品重生的助力，給建築史留下一方紀念碑[1]？

---

[1]　這篇充滿「誤讀」空隙的文字，是改寫自湯姆・威金森（Tom Wilkinson），《建築與人生：從權力與道德，到商業與性愛，十座建築、十個文化面向，解構人類文明的發展》（*Bricks & Mortals: Ten Great Buildings and the People They Made*），呂奕欣譯（臺北：馬可孛羅文化，2015），243-252、266-269。

目次

輯二　五行詮釋現代詩

火日炎上

土日稼穡

金日從革

水日潤下

木日曲直

輯一

五行遇見世界史

內
篇

沒有一朵雲需要國界：
白靈「五行詩」VS 阿茲特克史[1]

一瓶香水隱藏一座花園
一則神話等同於億萬個人類

　　　　　　　　　　　　——白靈〈天機〉[2]

一、引言

　　「誤讀詩學」以解構理論為指導，其閱讀目的，亦在於顛覆能指結構穩定、意義確切單一的假設，趨向多元釋義，發掘文本內外無窮無盡的所指[3]。試用於文學解讀，過往已取周夢蝶（周起述，

1　總題借用白靈（莊祖煌）詩集名。見白靈，《沒有一朵雲需要國界》（臺北：書林出版社，1993）。
2　白靈，《白靈詩選》（北京：作家出版社，2008），41。
3　張錯（張振翱），〈解構〉，《西洋文學術語手冊——文學詮釋舉隅》（臺北：書林出版有限公司，2005），71。舉例來說，哈羅德·布魯姆（Harold Bloom, 1930-2019）的「詩間性」（inter-poetic）言說、羅蘭·巴特（Roland Barthes, 1915-1980）之聲言「作者已死」、雅克·德里達（Jacques Derrida, 1930-2004）之謂文本倚重「重述性」（iterability of citationality）、安納·杰弗遜（Ann Jefferson）論文本無法擺脫體制和規範等外在因素之影響等，皆是解構理論以及由之衍生的「誤讀詩學」的重要支柱。參考Harold Bloom, *Poetry and Repression: Revision from Blake to Steves*（New Haven: Yale UP, 1976），2-3；Jonathan Culler, "Presupposition and Intertextuality," *The Pursuit of Signs: Semiotics, Literature, Deconstruction*（London; New Yok: Routledge, 2001），107；Roland Barthes, "The Death of the Author," *Image, Music, Text*, ed. and trans. Stephen Heath（London: Fotana, 1977），142-148；Jacques Derrida, "Signature Event Context," *Glyph* 1（1977）：172-197；Ann Jefferson, "Intertextuality and the Poetics of Fiction," *Comparative Criticism: A Yearbook*, ed. Elinor Shaffer, vol.2（London: Cambridge UP, 1980），235-236。

輯一　五行遇見世界史　015

1921-2014）、陳夢家（1911-1966）、商禽（羅顯烆，1930-2010）、陳映真（陳永善，1937-2016）、張默（張德中，1931- ）、唐文標（謝朝樞，1936-1985）的多個文本，進行新詮，並約可歸納有關研究的創獲為「新義」、「開源」、「比照」三項。茲先就前此研究作一撮要，表列如下，俾新讀者對「誤讀詩學」的研討有一較為全面之印象：

		研閱文本	內容撮要
新義	1	周夢蝶「月份詩」八首[4]	周夢蝶身材瘦小，以「苦吟詩僧」聞名[5]。研究者反其道而思，以「元素詩學」及「內在英雄」論說指認周氏八首「月份詩」可能蘊含的「英雄成長」主題，並把八個文本合成組詩觀照[6]。
	2	陳夢家《夢家詩集》[7]	陳夢家嘗自言雖不信教，但因受篤信基督的父親陳金鏞（1868-1939）影響，而終生不敢批評基督教[8]。研究者取陳夢家與基督教的聯繫為切入點，提出《夢家詩集》的作品可按「對基督信仰的回應」來進行新詮[9]。
開源	1	商禽《商禽詩全集》[10]	商禽直言因是在傳統教育底下成長，不能接受「西方的」基督宗教[11]。研究者乃取傳統哲思中重要的一環——先秦儒學為切入點，討論商禽現代詩可能蘊含的文化內涵[12]。

---

[4] 周夢蝶（周起述），《還魂草》（臺北：文星書店，1965），21-36。

[5] 劉永毅，《周夢蝶：詩壇苦行僧》（臺北：時報文化出版企業股份有限公司，1998）。

[6] 余境熹，〈水火融合與魔法師之路：周夢蝶八首「月份詩」的「解／重構」閱讀〉，《雪中取火且鑄火為雪：周夢蝶新詩論評集》，黎活仁、蕭蕭（蕭水順）、羅文玲主編（臺北：萬卷樓圖書股份有限公司，2010），369-414。

[7] 陳夢家，《夢家詩集》（北京：人民文學出版社，2000）。

[8] 陳夢家，〈青的一段〉，《夢甲室存文》（北京：中華書局，2006），89-113。

[9] 牧夢（余境熹），〈文學「誤讀」：信仰向度釋《夢家詩集》〉，《文學評論》11（2010）：31-40。

[10] 商禽（羅顯烆），《商禽詩全集》（新北：INK印刻文學生活雜誌出版有限公司，2009）。

[11] 商禽、孟樊（陳俊榮），〈詩與藝的對話——現代詩創作與理論的鴻溝〉，《創世紀詩刊》107（1996）：51-60。

[12] 余境熹，〈商禽詩與先秦儒學的互文聯想——「誤讀」詩學系列之三〉，「兩岸三地華文教學研討會」，廈門大學、香港大學、天主教輔仁大學、復旦大學、明道大學、修平技術學院聯合主辦，廈門大學，2010年4月3日。

		研閱文本	內容撮要
	2	陳映真〈哦！蘇珊娜〉[13]	陳映真因父親傳教及大量閱讀西洋文學，獲得了對基督宗教的深刻認識，其作品時有基督精神之表現，早有定論[14]。研究者另闢蹊徑，論述「聖經後典」（Apocrypha）《蘇姍娜傳》（Susanna）與陳氏短篇〈哦！蘇珊娜〉的相反之處，試圖論證後者可能的所受影響及所刻意逆反的表現[15]。
比照	1	張默「臺灣詩帖」[16]	張默最為學界認識者，當為與洛夫（莫運端，1928-2018）、瘂弦（王慶麟，1932- ）共同創辦《創世紀》詩刊。研究者放大此一對張氏的認識，拉攏似乎無可作比較處的文本，以〈創世紀〉（"Book of Genesis"）乃至整部基督教《聖經》（Holy Bible）為參照，提出閱讀張默「臺灣詩帖」的一種新可能[17]。
	2	唐文標《平原極目》上卷[18]	唐文標在1985年逝世，同年年底，「後設小說」在臺灣文學史隆重登場。以臺灣後設小說，包括黃凡（黃孝忠，1950- ）、張大春（1957- ）等人之作為參照，竟可發現唐氏《平原極目》上卷具備了該文類的多種特點，若當作後設小說來欣賞，亦可一新耳目[19]。

（列表一）

　　本篇亦延續「誤讀詩學」的探討和應用，將取白靈（莊祖煌，1951- ）《五行詩及其手稿》[20]為詮釋對象，而用以比照的他者，

---

[13] 陳映真（陳永善），〈哦！蘇珊娜〉，《唐倩的喜劇》（臺北：洪範書店有限公司，2001），75-85。

[14] 裴爭，〈孤獨的風中之旗——論臺灣當代作家陳映真〉，碩士論文，山東師範大學，2003，7；徐紀陽，〈穿越歷史的後街——論陳映真文學寫作中的政治敘事〉，碩士論文，汕頭大學，2006，9-12。

[15] 余境熹，〈陳映真《哦！蘇珊娜》與聖經後典《蘇姍娜傳》的互文聯想——「誤讀」詩學系列外篇之一〉，《韓中言語文化研究》25（2011）：385-410。

[16] 張默（張德中），《獨釣空濛：第一部旅遊世界之詩與攝影合集》（臺北：九歌出版社有限公司，2007），26-102。

[17] 余境熹，〈張默的《創世紀》（Genesis）——「聖經」反照中的「臺灣詩帖」（「誤讀」詩學系列之五）〉，《生命意象的霍霍湧動——張默新詩論評集》，蕭蕭、羅文玲主編（臺北：萬卷樓圖書股份有限公司，2011），245-279。

[18] 唐文標（謝朝樞），《平原極目》（臺北：環宇出版社，1973），3-100。

[19] 余境熹，〈唐文標的後設小說：《平原極目》上卷「誤讀」〉，「錢鍾書、唐文標、林煥彰與兩岸四地文學現象國際研討會」，北京師範大學珠海分校中文系、香港大學、廈門大學、澳門大學、徐州師範大學、南華大學文學院、明道大學中文系、修平技術學院聯合主辦，北京師範大學珠海分校，2011年4月23日。

[20] 白靈，《五行詩及其手稿》（臺北：秀威資訊科技股份有限公司，2010）。

乃是學者宜所不取[21]、顯著關係極微的阿茲特克（Aztec）傳說和歷史。對白靈詩作出刻意的「誤讀」，企能提出相對新穎的見解的，此前已有王蓉（1989- ）力作一篇[22]。是次仍以白靈文本為窮照對象，實欲展開一場更為離奇的、跨度更廣的詩的「誤讀」，在「新義」、「開源」、「比照」方面，皆提出對白靈詩文本的嶄新認識。

二、詩是宇宙之花：文化母源致敬[23]

　　阿茲特克的文化學習對象是瑪雅人，兩者崇信的神祇、金字塔的建造形制等，皆存著高度的相似性。在曆法方面，阿茲特克人亦繼承瑪雅文明，兼有「金星年」、「地球年」和「卓爾金年」，其中金星年和地球年的計算俱與天文週期有關，而且相當精確。這促使人追問：一年260天的卓爾金曆，是否也以一顆位置介乎金星與地球之間的卓爾金星為依據？

　　按天文學的發現，確實有一條隕石帶存在於地球與金星中間的宙域。敏感的觀察者，實不難聯想到那是爆炸後卓爾金星的殘骸。再進一步的假設，便落到瑪雅人本來是卓爾金星人的推測上，認為彼等因逃避行星殞滅的災難，乃以先進的宇航技術流亡地球，卻終因不能適應異域環境，開始退化，以致無法繼承原先在卓爾金星上

---

[21] 行數「五行」的雙關義，較直觀地啟示人以中國「五行」的觀念來進行理解，或起碼視之為中國色彩較濃的創作；若以篇幅一致「五行」來討論，則可從「小詩」、「形式」等向度切入。拙稿不循中夏而索美洲，不究形式而探內容，學者宜所不取。然而唯其如此，「誤讀」高標之個人主義方可達其極致，有關論述方可為同類研討提供示範。

[22] 王蓉，〈白靈詩與「老莊思想」的互文聯想〉，「承傳與創新——文化研究國際研討會」，北京師範大學香港浸會大學聯合國際學院、香港大學、明道大學、佛光大學、北京大學、澳門大學、徐州師範大學、廈門大學、《文藝爭鳴》、香港專業進修學校語言傳意學部、東亞細亞文化研究中心聯合主辦，北京師範大學香港浸會大學聯合國際學院，2010年12月18日。

[23] 此題取自白靈「詩是宇宙之花」一語。見白靈，〈五行究竟——《五行詩及其手稿》自序〉，《吹鼓吹詩論壇》12（2011）：210。

的高等文明[24]。與此相應，今日考古學的證據亦顯示瑪雅人為「天外來客」的可能性不低[25]。如是者，白靈「五行詩」〈那名字叫衛星的人〉或可有一種新的理解，其詩文謂：

> 失控的往事終究是墜燬了，就在昨夜
> 夢境的上空，它燃燒的尾巴
> 淒厲成長長長的一聲驚叫
> 但除了躺在地面我那塊心肉受到重擊
> 摧燬，奄奄一息，沒有，沒有誰聽到[26]

　　對思念故土的瑪雅人來說，卓爾金星的「失控」、毀滅彷彿「就在昨夜」。詩中的「夢境」、「驚叫」，乃是指瑪雅人魂牽夢繫、心痛不已，腦海中常存著和卓爾金星剪不斷的、「尾巴」一般的聯繫。奈何，詩的末行亦指出，卓爾金星的前事已經湮遠，除了古時作為後裔、「躺在地面」——地球表面的瑪雅人，以及其文化的繼承者阿茲特克人外，已經「沒有誰」了解這段因緣；特別是慘經十六世紀西班牙人侵略及文獻「摧燬」後，更「沒有」人能「聽到」卓爾金人「奄奄一息」的歷史遺音。可以說，詩作〈那名字叫衛星的人〉是對阿茲特克文明繼承瑪雅文明，而瑪雅文明有其外星源起的一種指涉。

---

[24] 李衛東，《外星人就在月球背面》（重慶：重慶出版社，2009），102-103；向思鑫，〈馬雅文明之謎〉，《世界歷史49大謎》（臺北：究竟出版社股份有限公司，2004），255。

[25] 例如以下三例：（1）瑪雅人生活過的地方出土了一種新的人種化石，經化石復原後，發現其鼻樑隆起，與人類鼻樑凹入不同，跟古埃及壁畫中的神人、中國四川「三星堆人」等疑為外星人者相似，見李衛東，103；（2）據考察，瑪雅人構成一邦的多座城鎮，彼此間並無道路相連，如何通訊值得思量；（3）1952年6月15日在墨西哥帕倫克一個金字塔形墓穴中，發現了刻有人在駕駛高速飛行器的浮雕石板。見向思鑫，〈馬雅文明之謎〉，258-260。另外，瑪雅城市往往闢有大廣場，其文明建於火山叢林而刻意避開水源，玩具中有輪子部件但運輸工具則無之，金字塔的內部無法探測等，皆使人懷疑瑪雅人是否源自外星。

[26] 白靈，《五行詩及其手稿》，198。

與此同時，白靈〈露珠〉詩說：「星球出發前／都須打掃／你／看過骯髒的／露珠嗎」[27]，以出發的星球開始述說，想像奇特，若解讀為瑪雅人展開星際逃遁、攜其文明來到地球的陳述，亦無矛盾，且適好與上述那種謂其繼承者——阿茲特克文明有地球以外因子的推測相合。

　　至公元九世紀，瑪雅文明在地球一直延續其輝煌[28]，此後則忽焉無以為繼，被新崛起的阿茲特克人所取代。在白靈的「五行詩」中，〈兵馬俑〉[29]固然是「中國題材」之作，但詩的首兩行：「星球爆熄後，光芒猶在飛行／穿越時空，也將刺穿你我的瞳孔」，豈不也可理解成瑪雅人災後倖存，而其「光芒」能靠阿茲特克人延續，且終將越過時空，進入異邦眾人的目光之中？在其黃金時期，阿茲特克人在地球上建立了別具一格的、秩序井然的文明，其統治者之權威不下於世上列國的帝王[30]，可是面對大航海時代西班牙人的入侵，阿茲特克文明亦卒步向滅亡，其末代君主摩泰佐馬二世（Moctezuma II, 約1475-1520, 1502-1520在位）、庫奧特莫（Cuauhtemoc, 約1495-1525, 1520-1521在位）皆受刑罰羞辱[31]，隕落於曾經顯赫之所，故〈兵馬俑〉後三行謂：「此刻正稍息，不妨回頭／看那趾高氣昂的／怎樣從龍榻上墜落」，隱然指向阿茲特克帝

---

[27] 白靈，《五行詩及其手稿》，187。

[28] 派克斯（Henry B. Parkes），《墨西哥史》（*A History of Mexico*），瞿菊農（瞿士英）譯（北京：生活‧讀書‧新知三聯書店，1957），10。

[29] 白靈，《五行詩及其手稿》，114。

[30] 華美、整潔、富於秩序的阿茲特克巨城特諾奇提特蘭－特拉泰洛哥（Tenochtitlan-Tlatelolco）完全凌駕當時歐洲地區的水平，以致來自西班牙的征服者赫南多‧柯泰斯（Hernando Cortés, 1485-1547）竟要在上呈查理五世（Charles V, 1500-1558, 1519-1556在位）的報告中，「顧慮國王的尊嚴」。詳參克蘭狄能（Inga Clendinnen），《阿茲特克帝國》（*Aztecs: An Interpretation*），薛絢譯（臺北：貓頭鷹出版社，2001），38-40。

[31] 摩泰佐馬二世主動讓西班牙人入城，原意是在交流中顯示自身的偉大，但西班牙人馬上挾持其為人質，不僅直視他的臉，更推他、戳他，還給他戴上鐐銬；西班牙人在一度敗退後，終究佔領了阿茲特克皇城，末主庫奧特莫慘遭刑求拷問，其後更受裹脅，隨西班牙軍遠征宏都拉斯，復被指控參與「陰謀」，而遭絞死在樹上。參克蘭狄能，362、366。

國的最終收場──整首詩可比作繼承瑪雅文明後、阿茲特克興亡的概括。

因此，白靈「五行詩」裡的阿茲特克故事，以〈那名字叫衛星的人〉、〈露珠〉、〈兵馬俑〉為載體，一直追溯至作為文化母源的瑪雅文明之中，由瑪雅人的「天外背景」開始敘述，中轉入阿茲特克對瑪雅的繼承，並簡要地預示了阿茲特克帝國的不幸結局。以此為序幕，「不妨回頭」細看，可發見白靈「五行詩」中更多與阿茲特克歷史、傳說相關的細節。

三、煙火與水舞：阿茲特克人的湖上帝國[32]

「湖」是白靈詩常見、且為白靈所重視的意象，如《五行詩及其手稿》卷二訂名作「一朵白雲抹亮了湖心」，集中則收有〈湖〉、〈湖邊山寺聞鐘聲〉、〈一朵白雲抹亮了湖心〉、〈紅荷──憶遊西湖有贈〉及〈西湖泛舟〉等作，而篇目不帶「湖」字的〈不如歌II〉，也有「快樂躺平的湖泊」[33]一句，〈不枯之井〉則有「眼前這一大片湖泊」[34]之語，凡此種種，與阿茲特克人在「湖」上建立人工島、定居於「湖」上巨城特諾奇提特蘭－特拉泰洛哥（Tenochtitlan-Tlatelolco）的生活經歷，似亦可作一定之聯結。據克蘭狄能（Inga Clendinnen, 1934- ）《阿茲特克帝國》（*Aztecs: An Interpretation*）的敘述，「巨城只憑三個堤道系統約略泊靠在土地上，每個堤道長二里格有餘（一里格約等於五公里）」，其外框即是湖的邊緣，亦建起了繁榮市鎮，有著「厚厚一圈居民聚落網和密集耕作的小片田地」[35]，煙火水舞，實在令人嘆為觀止。

---

[32] 此題取自白靈論蕭蕭之文章。見白靈，〈煙火與水舞──蕭蕭小詩中的空白美學〉，《創世紀詩雜誌》166（2011）：158-176。

[33] 白靈，《五行詩及其手稿》，40。

[34] 白靈，《五行詩及其手稿》，201。

[35] 克蘭狄能，38。

白靈〈一朵白雲抹亮了湖心〉所寫：「一朵白雲抹亮了湖心／奮翅游泳過去幾隻鳥影／鳥的叫聲使整座湖淺淺／淺淺的地震，群山坐不住／醉熊之姿一隻隻倒頭栽入了」[36]，牽涉的即是阿茲特克人的建城傳說。特諾奇提特蘭跟「鳥」的關係是：傳說之中，阿茲特克人的祖先在神祇的啟導下來到特斯科科湖（Lake Texcoco），他們看見一隻叼著蛇的老鷹在仙人掌上停歇，便明白那是神讓他們就地造城的諭示。所謂「鳥」引起了「淺淺／淺淺的地震」，實是指城市建造時的大興土木[37]。到特諾奇提特蘭建成後，壯麗如畫，即如一朵「雲」般，為原先平靜的、單調的湖泊添上萬分姿彩，「抹亮了湖心」。

　　在〈湖〉一篇，白靈復寫道：「最後一圈漣漪將爬上你的岸邊／再不會有石子投入湖中了／雨的流蘇下到半途都化散成霧／落日以一輪霞光，天上湖上／正經營一場冷靜而燦爛的對話」[38]。首三行半可說是對湖上世界的詩化描寫，應和著阿茲特克巨城的美不勝收，而末二行「天上湖上」的「對話」尤其值得注意，此因按阿茲特克的情況論，「湖上」實應理解為人世，其與「天上」的「對話」，乃指人們的宗教探求——把「天上湖上」的「對話」置入詩中，適正能配合特諾奇提特蘭以宗教生活為核心的特徵，使詩與歷史的隱性聯繫又添重要依據。再借克蘭狄能的表述，證明宗教生活如何在巨城中享有至關重要的位置：

　　　　大神廟區佔地也許有五百平方公尺，佈滿八十餘座以完美
　　　　石工藝築造的建築體，包括水池、金字塔、諸神廟殿，以
　　　　及侍奉諸神的男女們的起居所。似幻似真的「大金字塔」

---

37 Thelma D. Sullivan, "The Finding and Founding of Mexico-Tenochtitlan (selection from the *Crónica Mexicayotl* of Fernando Alvarado Tezozómoc)," *Tlalocan* 6（1971）: 312-336.
38 白靈，《五行詩及其手稿》，142。

雙廟各高六十公尺，分別敬拜戰神胡伊齊洛波契特里與雨神特拉勞克（Tlaloc）〔……〕穿梭於運河網上的小舟、往來於狹窄街巷上的男女老幼，都靠仰望金字塔來確定方位〔……〕緊接在神廟區之後的是墨西加統治者「特拉托阿尼」（tlatoani；意指「發言者」）居住宮殿的庭院和花園，以及以往歷任統治者的宮殿，每座宮內都奉祀著各位君主英勇戰鬥贏得的寶物。[39]

　　如果再將「宗教」的概念反推向詩的前半部分，僅舉一例，「霧」也可以指阿茲特克的至上神靈：被稱為「煙霧鏡」、「鏡中煙霧」的泰茲卡特里波卡（Tezcatlipoca）。泰茲卡特里波卡的特徵是無所不在且無所不能，既是術士的守護神、人類命運的掌控者，又在眾神之中擔當主神，具有較高的代表性[40]。從「化散成霧」的詩語著手，或多或少能讓人窺見阿茲特克的信仰世界，故宗教色彩及其在城市中的顯現，實允為〈湖〉的可能主題。

　　據此發論，白靈「五行詩」包含著介紹阿茲特克人生活場所的意蘊，重點表達出湖上巨郭的華美及其內宗教之興盛。可留意的是，〈湖〉既已涉足信仰這一主題，「五行詩」的其他篇章遂進一步探索阿茲特克的神靈面貌。

四、愛與死的間隙：阿茲特克神靈世界[41]

　　阿茲特克人是泛神信仰者，其神譜可以開出長長一串[42]，如

---

[39] 克蘭狄能，41。亦可參考戴爾・布朗（Dale M. Brown）主編，《燦爛而血腥的阿茲特克文明》（*Aztecs: Reign of Blood and Splendor*），萬鋒譯（北京：華夏出版社，2002），4。

[40] 克蘭狄能，89-90、398。

[41] 此題取自白靈詩集《愛與死的間隙》。見白靈，《愛與死的間隙》（臺北：九歌出版社有限公司，2004）。

[42] Henry B. Nicholson, "Religion in Pre-Hispanic Central Mexico," *Handbook of Middle American Indians*, vol.10（Austin: U of Texas P, 1971），395-446.

「二神」奧梅特奧托（Ometeotl）為諸神的創造者，「蛇裙」寇阿特里姑（Coatlicue）為大地、太陽、月亮、星星之母，「左方的蜂鳥」胡伊齊洛波契特里（Huitzilopochtli）為部落神、戰神、太陽神，又有龍舌蘭酒之神「二兔」奧梅托契特里（Ometochtli），以女性形象出現時則稱為「有四百乳房的一位」馬雅烏也（Mayahuel），而亡魂世界則由「米克特蘭之主」米克特蘭特庫特里（Mictlantecutli）主宰，其餘像賭博、盛宴、音樂、舞蹈、狩獵、繁殖、紡織、垃圾、商業、淡水、耕作糧食、工匠藝能等等，悉有一位或以上的神來掌管[43]。在白靈的「五行詩」中，〈乳〉則比較顯著地能與「頰上有鈴的一位」開尤沙烏奇（Coyolxauhqui）產生聯繫。該詩謂：

> 可以碰觸可以握、之溫柔
> 舌尖下，聳入你底靈魂
> 光都滑倒的兩捧軟玉
> 荒涼的夜裏
> 顫動著的金字塔啊[44]

　　開尤沙烏奇被視為戰神的邪惡姐姐，她代表月亮，曾率領眾星辰弟兄共同謀害未出生的太陽神、戰神胡伊齊洛波契特里，最終卻被跳出來以「火蛇」迎擊的幼弟消滅[45]，詩中「荒涼的夜」之語，便含有影射「月亮」神祇敗戰之意。

　　而如上節引文提及，阿茲特克的大金字塔乃是奉祀胡伊齊洛波契特里的處所，在大金字塔梯級的最下一階，那受盡踐踏處即為開尤沙烏奇的巨大石盤浮雕，截取其被嬰兒戰神攻擊而四分五裂的一

---

[43]　克蘭狄能，397-399。
[44]　白靈，《五行詩及其手稿》，37。
[45]　克蘭狄能，264、397。

刻造像[46]。只不過，儘管淪為敗者，開尤沙烏奇的勇武仍然得以反映：浮雕上的她作戰士打扮，配戴鈴、耳栓、鷹式頭飾，膝蓋、肘部、鞋跟上都有長著獠牙的臉，其姿態也不失戰士風範，甚至在死亡瞬間，她那斷裂的四肢仍還在舞著踏著[47]，使人驚慄不已，對應著白靈詩中「顫動著的金字塔啊」一語。

然而，最能為二者冥契暗合提供證明的，莫過於「乳」。浮雕開尤沙烏奇的中心主體，根本就是這名女性神祇的一對「長形的、無瑕疵的、如百合花般柔美的乳房」[48]，其「線條長而完整無瑕，平滑有如百合花：是令人迷惑的、永恆渴望的目標」[49]——此一浮雕所反映的，豈不正是白靈〈乳〉詩裡「可以碰觸可以握、之溫柔」？其平滑質感，豈不似白靈詩中「光都滑倒的兩捧軟玉」？可以說，開尤沙烏奇浮雕與白靈「五行詩」的相契程度極高，幾乎要令人誤會〈乳〉真是「取材」自此一遙方藝術品。「五行詩」文本內蘊阿茲特克神靈世界的內容，於此可窺其一。

白靈另首與阿茲特克神靈互聯的詩作，是〈鷹與蛇〉：「整座天空貼滿牠們荒謬的翅影／唯我仍能倒掛，懸崖上假裝是一根枯枝／幾顆蛋顫抖地在鳥巢中等我／寂靜多麼可怖，只等田鼠或白兔被追成不幸／鷹眼中，滑不溜丟的盜蛋蛇，是我」[50]。其間連結，可分三層來講：（1）阿茲特克的神靈世界中，有名為蓋策爾寇阿托（Quetzalcoatl）的神祇，其名字意為「寶貴羽毛蛇」，在其蛇皮之上，佈滿了長條的羽毛，可謂為「鷹與蛇」的直觀對照神祇[51]；（2）「蛇」是阿茲特克神靈的重要形象，與之相關者有「蛇裙」寇阿特里姑、「蛇女」希瓦寇阿托（Cihuacoatl）、「七蛇」

---

[46] 克蘭狄能，264-265。
[47] 克蘭狄能，264。
[48] 克蘭狄能，圖版，24。
[49] 克蘭狄能，265。
[50] 白靈，《五行詩及其手稿》，159。
[51] 洛佩斯・波蒂略（José López Portillo y Pacheco），《羽蛇》（*Quetzalcoatl*），寧希譯（北京：人民文學出版社，1978），1。

尤伊托希爾托（Uixtocihuatl）及「雲蛇」米希寇阿托－卡馬希特里（Mixcoatl-Camaxtli）等，而〈鷹與蛇〉的敘述主體「我」即是蛇，其強調蛇的靈巧，與阿茲特克「蛇」形象神祇可頌的神力相合；（3）將以羽毛為特徵的蓋策爾寇阿托視為「鷹」的話，白靈〈鷹與蛇〉裡的鷹、蛇相鬥，實可視為阿茲特克靈界爭戰的反映，因蓋策爾寇阿托是一名被放逐的神，在傳說中終將回歸，向其他神祇（包括「蛇」形象的眾神）展開報復[52]。

　　除涉及神靈以外，白靈「五行詩」亦與阿茲特克的祭祀儀式相連。〈意志〉一篇謂：「戰士們鴉雀無聲／齊聚於火光沖天的殿堂／在神前獻上割下的耳朵，和腳／繼之以灼烤後的心肝／那無以名之而歷史上稱之為『詩』的東西……」[53]這首詩傳述的，正正是阿茲特克「惡名昭著」的活人獻祭。然而，由於〈意志〉篇末以美好的「詩」作為這種大典的結晶品，詮釋者確實需要以另一種角度來看待整場令犧牲者喪命的活動[54]。

---

[52] 有一說認為不幸地，當西班牙侵略者踏上阿茲特克的土地時，阿茲特克統治者誤以為那是蓋策爾寇阿托的回歸，導致未能妥善迎應入侵者的威脅。有關論說，聊佐談資，在學界已罕受承認。

[53] 白靈，《五行詩及其手稿》，100。

[54] 事實上，學界也已擺脫單純認為阿茲特克活人獻祭為民族性粗野橫蠻的論調，比如從生態學解釋犧牲目的在補充飲食缺乏蛋白質的，有Michael Harner, "The Ecological Basis for Aztec Sacrifice," *American Ethnologist* 4.1（1977）：117-135；"The Enigma of Aztec Sacrifice," *Natural History* 86.4（1977）：46-51；Marvin Harris, *Cannibals and Kings: The Origins of Cultures*（New York: Random House, 1977）；從科技發展解釋的，有Christian Duverger, *La fleur létale: économie du sacrifice aztèque*（Paris: Editions du Seuil, 1979）；從掌權者和百姓的政治關係立論，探討獻祭背後的陰謀論和社會參與的，有Robert C. Padden, *The Hummingbird and the Hawk*（Columbus: Ohio State UP, 1967）；Sullivan, "Tlatoani and Tlatocayotl in the Sahagún Manuscripts," *Estudios de cultura náhuatl* 14（1980）：225-238；Johanna Broda, "Relaciones políticas ritualizadas: El ritual como expresión de una ideología," *Economía política e ideología en el México prehispánico*, ed. Pedro Carrasco and Johanna Broda（Mexico City: Editorial Nueva Imagen, 1978），13-73；"Consideraciones sobre historiografía e ideología mexicas: las crónicas indígenas y el estudio de los ritos y sacrificios," *Estudios de cultura náhuatl* 13（1978）：98-111；Cecelia F. Klein, "The Ideology of Autosacrifice at the Temple Mayor," *The Aztec Templo Mayor*, ed. Elizabeth Hill Boone（Washington, D.C.: Dumbarton Oaks, 1987），293-370；解釋為人口控制手段的，則有Laura Randall, *A Comparative Economic History of Latin America, 1500-1914*, vol.1（Ann Arbor, Michigan: University Microfilms

阿茲特克人的獻祭情況及其意義仍是難以確知的，試作解釋，或可借張恩鴻（1960-　）所引述、羅罕特・賽鳩妮（Laurette Sejourne, 1911-2003）《燃燒之水》（*Burning Water: Thought and Religion in Ancient Mexico*）的意見為憑，該說指活人獻祭實為一「表徵人類命運的儀式」，別富意義和哲理，如：（1）剝皮，象徵教誨能使某種知識從肉體中分離開來；（2）切除代表靈魂的心臟，是象徵死後能從肉體得到解放，直入光明新國度；（3）火焚屍身，象徵精疲力竭的肉體最終化成灰燼，只有永恆的靈魂像鳳凰浴火般重生，在更新之燄裡昇華──如此，則犧牲的目的在於為更好的重生作出鋪墊，有其積極的意味[55]，「稱之為『詩』」並無不妥。

　　克蘭狄能曾介紹一種「扮神者」的犧牲：犧牲者因外貌姣好、風度出眾，獲選為新任的「泰茲卡特里波卡」（前述的阿茲特克至高神），為時一年，期間會接受全族全國最佳的待遇，如由統治者為其穿戴華麗衣飾、獲得「男侍」、「女奴」、「少年導師」以及無可估量的愛慕，並且在死前能夠代替國主掌管特諾奇提特蘭城四天，而其任務不外乎「學會優雅自如地把弄他的菸筒、笛子、花朵」[56]。據張恩鴻引述，賽鳩妮認為「扮神者」最終得卸下所有華衣麗服、離棄侍從奴婢，象徵著物質塵世的一切到頭來皆須撒下；而犧牲者在攀登神廟的第一個階梯時，將弄壞其於受撫養時學習吹奏的一個橫笛，至第二個階梯，則弄壞第二個橫笛，直至全部橫笛都毀掉為止，以此象徵在掌握終極真理後，便不必再拘泥於入門的學識[57]。儀式中的各種隱喻，皆為活人獻祭添上價值和意義，白靈〈意志〉的由「祭」生「詩」，持論正面，概可按此解讀。

International, 1977）。

[55] 張恩鴻，《上帝失落的記憶》（新北：晶冠出版有限公司，2006），113-114。

[56] 克蘭狄能，147-149。

[57] 張恩鴻，114。

當然，更直接的解說將是：在祭典之上，犧牲者死前會忘我地頌唱、禮讚「繁花之死」，以詩的形式抒述人在世間的曇花一現[58]。「詩」，於是便誕生在那一「愛與死的間隙」，成為臨終者情感宣洩的最佳載體。

作為補充，白靈《五行詩及其手稿》尚收有〈祭師〉一作，其文謂：「陰影是／月亮崇拜的／舞者／而誰／是你背後持扇的祭師」[59]。就內容言，該篇雖較不易與阿茲特克的具體歷史情境搭建聯繫，但在書寫題材上，它仍足以為「五行詩」偶涉宗教物事提供佐證，乃至啟發讀者細究阿茲特克祭師的特殊面貌[60]。無論如何，在交代種種相對平穩的阿茲特克生活史資料後，白靈「五行詩」便轉入阿茲特克和西班牙熱戰的動態環節中。

五、毋望在莒：阿茲特克的敗亡[61]

1519年終，赫南多・柯泰斯（Hernando Cortés, 1485-1547）與他的西班牙部隊首次和阿茲特克文明碰面，雙方經過一輪浮淺的交流，西班牙人便猛然發起對阿茲特克的侵略行動，扣押其國君摩泰佐馬二世。在與其他西班牙部隊衝突及激起阿茲特克人暴動之後，柯泰斯及其部屬曾一度被迫退出特諾奇提特蘭，隨即卻又聯合中美洲的其他族群，合力攻打特城。末了，阿茲特克皇城在1521年8月陷落，西班牙人贏得戰爭，並在原地建設所謂的「新西班牙」[62]。白靈〈颱風II〉詩謂：

---

[58] 克蘭狄能，294。

[59] 白靈，《五行詩及其手稿》，186。

[60] 有關阿茲特克祭師的顯要地位、智慧和特權，見克蘭狄能，88-90。

[61] 此題取自白靈詩〈毋望在莒〉。見白靈，《昨日之肉：金門馬祖綠島及其他》（臺北：秀威資訊科技股份有限公司，2010），27-28。

[62] 西班牙入侵阿茲特克的基本史料，可參閱貝爾納爾・迪亞斯・德爾・卡斯蒂略（Bernal Diaz del Castillo），《征服新西班牙信史》（The Truthful History of the Conquest of New Spain），江禾、林光譯，上下冊（北京：商務印書館，1991）。

把六百公里的風雨摟成一球，海要遠征
狂飆的中心藏著慈祥透明的眼睛
愛要孔武有力，總是摟著恨，不憚千里
狠狠一擊，大海對大陸，流動對不流動
靈對肉，千軍萬馬地咆哮、踐踏……[63]

　　其敘述和西班牙、阿茲特克之戰有著許多相通點：（1）西班牙入侵者是從大西洋的另一端過來的，是掌握越海技術，「不憚千里」，要發動「遠征」、擴大版圖的勢力；（2）與之相對，阿茲特克是中美洲的陸上霸權，兩者構成「大海對大陸」的鬥爭格局；（3）在殖民競賽中急速冒起的西班牙人代表「流動」，而步入穩定階段的阿茲特克人則趨向「不流動」[64]；（4）關於「靈對肉」，西班牙征服者以滿足「肉」慾為目標[65]，阿茲特克的守衛者卻一再強調「靈」界的力量[66]；（5）阿茲特克抵抗者高舉戰士之「靈」，

---

[63] 白靈，《五行詩及其手稿》，85。

[64] 克蘭狄能如此概括阿茲特克人的歷史：「特城創建於一三二五年，當時只是一群貧苦的逃難者築在沼澤島上的一堆泥土屋。一百年後，墨西加人聯合其他順民城鎮一舉打敗了霸主城，擺脫了原來的順民地位。再過了五十年，他們作好向谷外擴張的準備，要拓廣收納進貢的範圍。接下來是五十年的宗主威勢和城內大興土木的炫耀。然後，西班牙人來了，把人、城、帝國都消滅了。」其中最後五十年的「不流動性」值得注意，見克蘭狄能，61；阿茲特克文明在對外擴散中，也有較大局限，見 Gordon R. Willey, "Horizontal Integration and Regional Diversity: An Alternation Process in the Rise of Civilization," *American Antiquity* 56.2（1991）: 198-208；開疆拓土的限制，見格魯金斯基（Serge Gruzinski），《阿茲特克：太陽與血的民族》（*The Aztecs: Rise and Fall of an Empire*），馬振騁譯（上海：漢語大詞典出版社，2001），57-58、60-61。

[65] 西班牙人的行為備受後世譴責：（一）他們對工藝、藝術、文化等顯得全無興趣，又輕視象徵統治領域廣闊的鳥羽；（二）在阿茲特克貴族相迎之時，他們只知道撲向黃金；（三）為贏得戰爭，他們竟把歷史悠久的阿茲特克皇城夷平大半；（四）為便於把黃金運回歐洲，他們破壞或熔掉飾有黃金的藝術品；（五）另外，西班牙人傾向於「肉」，常恣意擄掠美貌女性和年輕男孩，以滿足一己獸慾。見克蘭狄能，361、366。

[66] 例如：當皇城陷落在即時，阿茲特克人仍由一名偉大戰士穿起「大咬鵑鶉」裝扮，向敵人擲出戰神的矮石尖鏢——阿茲特克人相信，該名戰士若兩度中的，便預示他們終能贏得戰爭；城破以後，神廟祭師仍以運走重要神像為目標，不肯把「靈」捨

勇毅不屈，但西班牙人格外重視保全「肉」身，做出不少缺乏戰士風範之舉[67]；（6）至於「狂飆的中心藏著慈祥透明的眼睛」，既可理解為西班牙人與阿茲特克人初期接觸時的偽裝無惡意，也可解釋為他們以宣揚基督教「愛」的福音為目的，但在過程中又每每以「孔武有力」的愛慘烈地迫害了美洲原住民。

西班牙人強襲阿茲特克神廟
Emanuel Leutze, *Storming of the Teocalli by Cortez and His Troops*, 1848

棄。見克蘭狄能，364-366。
[67] 按克蘭狄能的概括：「墨西加人隨後發現，西班牙人不懂得戰場上行為原則，他們會用十字弓和大砲從遠處置人於死，在戰場上會不知羞恥地逃躲敵人。而且他們會用挨餓的手段迫使敵人──不分是不是戰士──屈從。」見克蘭狄能，362。

值得注意的是，阿茲特克不識何謂馬[68]。無獨有偶，白靈《五行詩及其手稿》全書之中，「馬」字只出現僅僅三次：一是作為題目的組成字符，見於〈兵馬俑〉；一是見於〈裸〉[69]的、隱喻式的「馬」，而「該馬非馬」，並不指實體的馬匹；尚有一次，便是見如上述的〈颱風II〉中，「馬」這種新奇動物是由西班牙人帶過來的。在詩裡，「萬馬」與「千軍」搭配，表現的是西班牙軍以馬匹輔助，對付徒步作戰的阿茲特克戰士[70]，馬嘶暴烈，人命遭兇殘踐踏，構圖更為血腥。如是者，〈颱風II〉全詩經詮釋後，實無任何一行與西班牙「颱風式」的侵略無關。

　　特諾奇提特蘭城陷，阿茲特克人傷亡枕藉，末主庫奧特莫被俘，祭師們遭犬群扯爛，倖存的男女皆淪為奴隸[71]。面對昔日金城、今之廢墟，亡國者不勝其悲，嗚嗚然唱出哀悼之歌：

　　　斷矛倒在道路上；

---

[68] 西班牙人帶著馬踏足阿茲特克領土時，阿茲特克人開始風聞馬的特性：會嘶叫、瞪白眼、奔向戰鬥、前衝回身⋯⋯到親身接觸馬時，發現馬的蹄子會在地上踏出痕跡，又認為這是弄傷了大地。見克蘭狄能，361-362。整個反應，無乃是一種活生生的、維克托・什克洛夫斯基（Viktor Shklovsky, 1893-1984）所言的「第一次知見者視角」的呈現。詳參Viktor Shklovsky, "Art as Device," *Theory of Prose*, trans. Benjamin Sher（Normal, Illinois: Dalkey Archive Press, 1990），6；中譯見什克洛夫斯基，〈作為手法的藝術〉，《俄國形式主義文論選》，什克洛夫斯基等著（北京：生活・讀書・新知三聯書店，1989），7。伊塔羅・卡爾維諾（Italo Calvino, 1923-1985）據此發揮，在小說〈蒙特祖瑪〉（"Montezuma"）裡為摩泰佐馬二世安排了一段對白：「海上出現扯著帆翼乘風前進的木屋〔⋯⋯〕海邊來了一群身穿灰色、會反光的金屬裝的人，騎從未見過、貌似沒有角的大型麋鹿的野獸，留下半月形的蹄紋。取代弓箭的是一種會噴火，發出巨響的號角，距離遙遠也可致命。」見卡爾維諾，〈蒙特祖瑪〉，《在你說「喂」之前》，倪安宇譯（臺北：時報文化出版企業股份有限公司，2001），191。
[69] 白靈，《五行詩及其手稿》，178。
[70] 西班牙入侵者數不盈千，「千軍」之數，乃其與當地族群締結同盟的結果。當然，西班牙、阿茲特克軍的差異不僅限於騎馬與徒步作戰，克蘭狄能即寫出多組對比，如「騎馬的軍隊對徒步的勇士、鋼劍對木棒、火槍與十字弓對弓箭和長矛、砲彈對威猛的勇氣」等。見克蘭狄能，363；並參考克里斯・布雷惹（Chris Brazier），《另類世界史——打開歷史廣角》（*The No-nonsense Guide to World History*），黃中憲譯（臺北：書林出版有限公司，2002），102。
[71] 克蘭狄能，366。

我們悲痛地撕扯頭髮。

房屋如今已沒有頂了，屋牆

染血而成紅色。[72]

　　與此呼應，白靈異代不同時的〈歌者〉則謂：「她的喉嚨是我失眠的原點／淋不濕的歌聲不肯成眠／像昨天的噩夢，飄過／雨溶溶的夜，恣意地迂迴於／我左耳與右耳的小巷之間」[73]。其中，恣意迴盪於左右耳之間的「噩夢」固然和阿茲特克人無寐的「悲痛」相合，而〈歌者〉「小巷」的比喻，故意地引進空間情景，亦可認作是跟阿茲特克人歌中血染牆、屋破頂存著互文的例子[74]。兩相重疊，白靈的「歌者」與五個世紀前的亡國詩人彷彿同體。

　　「五行詩」〈不枯之井〉的情感和主題亦與此相似，詩文謂：「你說不能哭，坐我胸口那塊頑石點點頭／你說井不能枯，吊我心上那木桶也點了頭／但就在昨夜，我聽到草原深處／一口愛哭的井哭了一整夜，哭出今晨／眼前這一大片湖泊，漂我的床來你窗口」[75]。該篇可解讀成國破之後，哀慟的阿茲特克百姓日以繼夜地痛哭，其情狀與上段的哀歌相仿，但添上了「漂」的「流浪感」：因為房屋已不能再住了，阿茲特克人難迴避漂泊流離的命運，眼前仍是特諾奇提特蘭建於其上的大湖，自家的「床」卻止不住，不知要漂到誰家的窗戶。更有進者，若將「窗口」理解成「凝視」（gaze）的出發主體，以「床」象徵「性」，則阿茲特克淪為奴隸者不僅不曉得將落入誰家，更不保證可免於侵犯，其悲苦可謂「不枯」地湧溢，無法遏止。

---

[72]　克蘭狄能，365。

[73]　白靈，《五行詩及其手稿》，161。

[74]　Julia Kristeva, "Word, Dialogue and Novel," *Desire in Language: A Semiotic Approach to Literature and Art*, ed. Léon S. Roudiez, trans. Thomas Gora, Alice Jardine and Léon S. Roudiez（New York: Columbia UP, 1980）, 64-91.

[75]　白靈，《五行詩及其手稿》，201。

毋望在莒，阿茲特克的文明雖一度輝煌，在西班牙人颱風式的侵略和武裝管治下，復國機會已接近於「零」。而除卻無情的槍砲以外，歐洲人更為美洲原住民帶來了後者缺乏抗體的天花、麻疹和流行性感冒，以致中部墨西哥人口，由1519年的二千五百萬之數銳減至1565年的二百五十萬[76]。在如此不可違逆的災難跟前，美洲原住民已無任何反抗成功的可能，阿茲特克帝國亦只能走進歷史的冊頁，成為消失的舊邦。

六、億載雄心竟咽不下一座金城：侵略者命運[77]

征服阿茲特克及其他美洲地區後，西班牙皇室所獲的利益是不容低估的[78]。但是，若觀察西班牙的經濟前景，出奇地，卻似乎是弊多於利。金銀的大量流入，使得西班牙出現嚴重的通貨膨脹，而工資亦在稍後一併上升，結果造成西班牙商品價格遠高於鄰國的情況，其外貿競爭力因之急劇下滑。與此同時，流入的外國商品因其價廉，竟逐漸侵佔西班牙的國內市場，西班牙製造業由是日益疲困。荷蘭、英國和法國則乘時而興，其工業因向西班牙及美洲殖民地供應商品而獲得飛躍發展。因此，「忙了整夜」的西班牙征服者，最終竟無異於被黃金誘餌捕擄的「魚兒」，撈來的財寶卒成「鏡花水月」，在美洲劫掠的金銀轉瞬又用於養壯自己的對手，本國卻落得個經濟凋敝、強鄰環伺的局面[79]。

---

[76] Woodrow Borah and Sherburne F. Cook, "The Aboriginal Population of Central Mexico on the Eve of the Spanish Conquest," *Ibero-Americana* 38（1954）：88-90；希雷瑟，103-104；格魯金斯基，106。

[77] 此題「億載雄心竟咽不下一座金城」之句，出自白靈短詩〈億載金城〉首行。見白靈，〈億載金城〉，《白靈短詩選》（香港：銀河出版社，2002），20。

[78] 彼得・李伯賡（Peter Rietbergen），《歐洲文化史》（*Europe: A Cultural History*），趙復三譯，下冊（香港：明報出版社有限公司，2003），17-18。

[79] 李伯賡，下冊，18；呂理洲，《學校沒有教的西洋史》（臺北：時報文化出版企業股份有限公司，2004），183-184；王曾才編著，《西洋近世史》（臺北：正中書局，1976），33-34；向思鑫，〈西班牙無敵艦隊毀滅之謎〉，《世界歷史49大謎》，117。

白靈《五行詩及其手稿》收有〈釣〉[80]一篇，其內文可謂與此段歷史十足對應。謹列簡表如後，逐行詩比照兩者相似之處：

詩行	詩文	呼應
1	水月是一輪沸騰的黃金	西班牙人以「沸騰」的欲望掠奪阿茲特克的「黃金」，最後卻一場歡喜一場空，所得化為「水月」鏡花。
2	溪水忙了整夜收攏它懷中的財富	西班牙征服者為在阿茲特克擄奪「財富」，不惜發動戰爭，「忙」碌一場。
3	仍有些流金漂到下游去了	從阿茲特克得來的黃金，漸漸流入英、法、荷蘭等國（另一解法：西班牙貪多務得，但在紛亂的戰局之中，其所取的黃金又有部分遺失[81]）。
4	老者唇邊停著一隻螢火蟲	西班牙人螳螂捕蟬，孰料黃雀在後，終歸成為上釣的「魚兒」，所侵佔的財寶反過來支持了鄰國的發展。垂釣的「老者」是命運之神，他的「唇邊」亮
5	釣絲垂進水中尋魚兒的小嘴	起了「螢火蟲」般的淺笑，輕嘲西班牙推動了歷史的巨輪，自身卻遭到時代的拋棄。

（列表二）

　　可以說，西班牙征服者鼓其雄心，掃蕩中美，摧毀掉阿茲特克滿載黃金的都城，然而由此帶來的巨大利益，偏不是西班牙人所能「咽」下的──「億載雄心竟咽不下一座金城」！入侵者白忙一場的終局，在白靈「五行詩」裡也有隱示，使其與阿茲特克史的照應更稱全面，從序幕的以瑪雅文明為母體，至此刻講到西班牙征服者的下場，詩與史一直並駕齊驅，互相輝映。

七、結語

　　上述縫合白靈「五行詩」與阿茲特克相關課題的嘗試，使得詩文本和從源起到滅亡的阿茲特克歷史產生出一種特殊的連結。若

---

[80] 白靈，《五行詩及其手稿》，172。
[81] 西班牙人即以黃金遺失為由，刑求庫奧特莫。克蘭狄能，366。

據文初「誤讀」能「新義」、「開源」、「比照」的角度發揮，則「開源」方面，此次「誤讀」或可指向白靈長期接收科學論說，對阿茲特克的天文學成就有所認知，加之其人喜愛跋涉異域、悠游書海，曾經接觸、聽聞過阿茲特克的歷史文化，故命筆之際，便有意無意地注入了這一美洲舊邦的元素；「新義」方面，往極處推，「究竟」「五行」之後，讀者亦可把白靈「五行詩」視為是對阿茲特克歷史的詩化重演，為「五行詩」奠立一種新的詮釋。但最為重要的，筆者以為，當是這次離水萬丈、風馬牛不相及的文本聯繫，發掘出白靈詩竟隱藏著美洲帝國的史跡，俾讀者能「詩」、「史」合讀，一新耳目，其足以更強力地落實「誤讀詩學」無遠弗屆的「比照」之能，為此一分析系統提供更為前銳的實踐示範，從理論建構來說，應是值得肯定的[82]。

---

[82] 本文另有姊妹篇〈如何要「截」然不同——論卡夫截句與白靈小詩的分進合擊〉，2018年12月8日發表於東吳大學中國文學系舉辦之「現代截句詩學研討會」，並以同一篇名，錄入李瑞騰主編，《微的宇宙：現代華文截句詩學》（臺北：秀威資訊科技股份有限公司，2021），295-334。其修訂版本，則以〈坐在阿茲特克的廢墟上沉思：卡夫截句、白靈小詩的歷史迴響〉為名，收進余境熹，《卡夫城堡：「誤讀」的詩學》（臺北：秀威資訊科技股份有限公司，2019），171-214。

歷史的峰巒間，哪片雲不染點滄桑？：
「誤讀」白靈〈龍捲風〉、〈風箏〉

　　好幾番將新詩文本的主題「誤讀」為性事，但若要強作白靈〈龍捲風——給性〉的解人，則想來我不會從性入手。為什麼？無他，副標題裡早有「給性」二字，其本意就是以詩的語言來寫性，而我所主張的「誤讀」，卻是要翻出和作者意圖離水萬丈的訊息來。

　　茲先全錄這首「五行詩」如下：

> 　狂飆的中心旋轉著一支軟柔的豎笛
> 　天擠迫著地，野獸野獸著
> 　簫聲纏繞簫，最柔的捆綁最硬的
> 　當愛席捲了一切，詩句會丟棄何方
> 　原野又漸漸空無成一張荒涼的床[1]

如果按「給性」的提示推衍，詩中的訊息大抵如下：第一行的「豎笛」，乃是象徵男性生殖器，「旋轉」疑為女子以手撫弄之，進行前戲；第二行「天」代表男性，「地」代表女性，如《易經》之「乾」「坤」[2]，而「野獸野獸著」指人依從動物性行事，全行謂男子壓著女子，二人恣情求歡，應合詩題「龍捲風」之激烈；第三

---

[1]　白靈，《白靈詩選》，19。

[2]　Ming Dong Gu, "The 'Zhouyi' (Book of Changes) as an Open Classic: A Semiotic Analysis of Its System of Representation," *Philosophy East and West* 55.2（2005）: 263.

行的「簫」復為男子性器，「最柔的」則既可是女子的陰部也可為口腔，意指女子以身體取悅男方，套弄其「最硬的」陽具；第四行「當愛席捲了一切」指男士達到頂峰，即進入高潮，而「詩句」喻精液，「丟」射而出；第五行謂情欲宣洩之後，身體疲軟，性致全無，「原野」或是暗示野合的情景，但也可僅僅視為「荒涼」的襯托。統合五行的釋義，〈龍捲風——給性〉即是一場由前戲到高潮、由狂野到空虛的性事書寫。

但，就不能說〈龍捲風〉是匈人[3]阿提拉（Attila the Hun, ?-453, 434-453在位）被刺殺一事的詩式演繹嗎？

阿提拉是被稱為「上帝之鞭」、最為世間熟知的匈人君主。他曾統領大軍，進攻東、西羅馬帝國，征蹄遠及高盧。在公元452年，阿提拉將戰爭之矛指向義大利，驚得西羅馬帝國皇帝瓦倫丁尼安三世（Valentinian III, 419-455, 425-455在位）從拉芬納逃回舊都羅馬，若非羅馬主教李奧（Leo, 400-461）與阿提拉交涉成功，西羅馬帝國即有覆巢之虞。不過，阿提拉的榮耀並未長久持續，在最如日中天之時，他竟驟然殞落。公元453年初，阿提拉在自己的婚宴翌日被發現暴斃於寢宮，一說乃遭新娶之女子伊笛可（Ildico）所害[4]。

---

[3] 匈人（Huns）與中國史籍所載之匈奴在今日的文字資料中類多混同。然而，其說合理與否，歷來論辯甚繁。由於與本文論旨無關，以下僅列出部分文獻，供有興趣的讀者參考——內田吟風（UCHIDA Ginpu），〈フソ匈奴同族論研究小史〉，《北アヅア史研究——匈奴篇》（京都：同朋社，1988），167-200；江上波夫（EGAMI Namio），〈匈奴・フソ同族論〉，《江上波夫文化史論集》，第3集（東京：山川出版社，1999），369-429；榎一雄（ENOKI Kazuo），〈匈奴フソ同族論の批判〉，《榎一雄著作集》，榎一雄著作集編集委員會編，第3卷（東京：汲古書院，1993），437-449；韓百詩（Louis Hambis），〈匈人和匈奴人〉，耿昇摘譯，《世界民族》2（1984）：44-52；David Curtis Wright, "The Hsiung-nu－Hun Equation Revisited," *Eurasia Studies Yearbook* 69（1997）: 77-112；齊思和，〈匈奴西遷及其在歐洲的活動〉，《中國史探研》（石家莊：河北教育出版社，2000），514-549；邱克、王建中，〈關於匈奴西遷歐洲的質疑〉，《西北民族文叢》2（1984）：58-66、20。

[4] 上述452至453年之史事，參見Edward Gibbon, *The History of the Decline and Fall of the Roman Empire*, vol.6（New York: Fred DeFau & Company Publishers, 1907），71-76；中譯見愛德華・吉朋，《羅馬帝國衰亡史》，席代岳譯，第3卷（臺北：聯經出版事業股份有限

阿提拉的筵席
Mór Than, *Feast of Attila*, 1870

　　要是「誤讀」的話，白靈〈龍捲風〉絕對可理解成對阿提拉殞命一事的演示。

　　首行「狂飆的中心旋轉著一支軟柔的豎笛」，此「笛」無需旁涉，指的正是與阿提拉成婚的伊「笛」可；「旋轉」狀寫女子款擺的腳步，指伊笛可姍姍而來到「狂飆的中心」——阿提拉侵略如火的軍營。

　　「天擠迫著地，野獸野獸著」並非指阿提拉與伊笛可的性事，而是作為細節資料，交代故事以草原為背景，配合匈人游牧帝國的

公司，2004），301-303。關於阿提拉詳細生平及其諸子的活動，漢語材料可參考林幹，〈匈奴人在歐洲的活動〉，《匈奴通史》（北京：人民出版社，1986），259-265；王柏靈，《匈奴史話》（西安：陝西人民出版社，2004），177-185；陳序經，《匈奴史稿》（北京：中國人民大學出版社，2007），534-549；張金奎，《匈奴帝國傳奇》（北京：中國國際廣播出版社，2007），232-279。

特質。稍疑「天擠迫著地」轉化自〈敕勒歌〉[5]的「天似穹廬，籠蓋四野」，這類天地皆廣延無邊而上蒼彷彿罩著下界的景象，多與人們印象中的草原相合。同時，「野獸野獸著」的後一個「野獸」並不活用作動詞，而是作形容詞，指匈人畜牧的獸類皆鮮明地呈現自身的姿態，此因「天蒼蒼，野茫茫」，自然「風吹草低見牛羊」也。質言之，〈龍捲風〉第二行點染出一幅草原圖象，述明了故事的場景。

「最柔的捆綁最硬的」較不難理解。「令人害怕和恐懼」、「威脅」等等，皆是阿提拉個人形象的關鍵詞[6]，其強橫手段也一直教人怵目驚心，例如進攻西羅馬時，他就狠心地將阿奎萊亞夷為平地，冷酷果決[7]，「五行詩」稱其為「最硬的」，殆無疑義。至於「捆綁」則屬比擬，如《聖經》之〈使徒行傳〉（"Acts of the Apostles"）八章謂：「我看出你正在苦膽之中，被罪惡捆綁」，「捆綁」乃指被制服而言。〈龍捲風〉這裡的意思，便是「最硬的」阿提拉竟遭「最柔的」女子壓制，被伊笛可暗算而亡。

第四行「當愛席捲了一切，詩句會丟棄何方」，前句是複述阿提拉在婚宴後因「愛」的陷阱身死，為伊笛可所害。至於「詩句」何所指呢？聖希多尼烏斯・阿波黎納里斯（Sidonius Apollinaris, 430-489）曾詠「詩」慨嘆匈人之善戰：「當他們站在地上時，他們確實矮於一般人，當他們跨上駿馬，他們是世界上最偉大的人」[8]，強調了匈人之威武強大。〈龍捲風〉後面說的不知「丟棄何方」，

5　溫洪隆、溫強注譯，《新譯樂府詩選》（臺北：三民書局股份有限公司，2010），437。

6　René Grousset, *The Empire of the Steppes: A History of Central Asia*, trans. Naomi Walford（New Brunswick, New Jersey: Rutgers UP, 1970）, 77-78. 並參考Gibbon, 75；中譯見吉朋，第3卷，303。

7　Patricia Southern, *Ancient Rome: The Rise and Fall of an Empire, 753 B.C.-A.D. 476*（Gloucestershire: Amberley Publishing, 2009）, 336; Wess Roberts, *Leadership Secrets of Attila the Hun*（New York: Warner Books, 1985）, 65-71.

8　Grousset, 75；詩句中譯見勒內・格魯塞，《草原帝國》，藍琪譯，項英杰校（北京：商務印書館，1998），110。

卻是形容有關「詩句」無法落實。為什麼？愛德華・吉朋（Edward Gibbon, 1737-1794）曾寫道，對愛好榮譽的阿提拉來說，戰死沙場才真正稱得上是死得其所[9]；偏偏阿提拉最終命喪婦人之手，其事無法彰顯匈人馬背上的「偉大」，因此聖希多尼烏斯的詩化形容真的不知「丟棄何方」，未能在阿提拉的死中覓得呼應。〈龍捲風〉暴露阿提拉「落地竟無聲」的死，同時，又可視為對「最柔的」伊笛可能夠「席捲了一切」的弘美。

〈龍捲風〉最後一行說：「原野又漸漸空無成一張荒涼的床」，除了可令人聯想到阿提拉死於寢宮（放置「床」的地方）這一點外，亦合於其建立在「原野」上的國度不久便「漸漸」歸於「空無」、「荒涼」的歷史事實。吉朋曾說：阿提拉的才智足夠支持「龐大而破碎的統治機構」，但他死後，手下的酋長紛紛自立為王，而他那些來自不同民族的妻妾為他生下許多兒子，此時也像分家產般，因爭奪日耳曼和錫西厄民族的統治權而互相廝殺，導致匈人的地盤四分五裂[10]。隨著阿提拉長子埃拉克（Ellac, ?-454）於尼塔德會戰喪生，另一名兒子但吉昔克（Dengizich, ?-468或469）亦遭東羅馬帝國懸首示眾，阿提拉的勢力最終淡出歷史舞臺[11]。如此解說的話，〈龍捲風〉的結尾可謂寫盡了滄桑：「原野」依舊，功業成幻，頗使人有「是非成敗轉頭空。青山依舊在，幾度夕陽紅」之感……

綜合以上各條，我們可視「誤讀」下的〈龍捲風——給性〉為記述阿提拉遭刺故事之詩。先是伊笛可來到匈人軍營，鏡頭不忘攝入草原天地浩渺之景，渲染氣氛；繼而伊笛可乘阿提拉放下戒心，出手行刺，令這位匈人君主失去戰死疆場的榮耀；最後一筆抽離，

---

[9]　Gibbon, 76；中譯見吉朋，第3卷，304。
[10]　Gibbon, 76；中譯見吉朋，第3卷，304。
[11]　Christopher Kelly, *Attila the Hun: Barbarian Terror and the Fall of the Roman Empire*（London: the Bodley Head, 2008），210-212。

伊笛可與阿提拉俱往矣，人事依稀，只有原野固在。整場敘事，可謂善用環境襯托而又著重戲劇感。

所以，原意不是說性的作品，如余光中（1928-2017）〈等你，在雨中〉、張默〈無調之歌〉等，可以說成指涉性事；白靈〈龍捲風——給性〉明明寫性，卻又可穿梭歷史的峰巒間，翻出其他訊息。文字之不確定性，實給予詮釋無窮的可能。

「一自高唐賦成後，楚天雲雨盡堪疑」[12]，現在回看置於《白靈詩選》之首、極受歡迎的〈風箏〉一詩，竟也可模糊地發現匈人的痕跡：

> 扶搖直上，小小的希望能懸得多高呢
> 長長一生莫非這樣一場遊戲吧
> 細細一線，卻想與整座天空拔河
> 上去，再上去，都快看不見了
> 沿著河堤，我開始拉著天空奔跑[13]

「小小的希望」就是前述聖希多尼烏斯詩句中矮小的匈人，他們只消「扶搖直上」，跨坐馬背，便能變成教敵軍仰之彌「高」的偉大戰士，驅策奔馳，身影像「懸」空而飛[14]！阿提拉死後，其屬下戰士飲酒作樂以送別故主[15]，許亦與「長長一生」換來結尾時「一場遊戲」相合；但配搭上下文，詩第二行當指匈人以破壞、

---

[12] 出自李商隱（約813-約858）的〈有感〉，見鄧中龍，《李商隱詩譯注》，下冊（長沙：岳麓書社，2000），1393。這裡反用李商隱的原意，並改以「誤讀」的版本為「高唐賦」，以白靈新詩為「楚天雲雨」——自匈人與「五行詩」有所連結後，白靈其他篇章也一併讓人想起該游牧民族。

[13] 白靈，《白靈詩選》，3。

[14] 並參考哈里·西德博特姆（Harry Sidebottom），《古代戰爭與西方戰爭文化》（Ancient Warfare: A Very Short Introduction），晏紹祥譯（北京：外語教學與研究出版社，2007），247-248。

[15] Gibbon, 76；中譯見吉朋，第3卷，303。

殺戮為「遊戲」，押上「一生」從事萬里遠征。原來，匈人由東而西，在歐洲大地上縱橫馳突，由於不改游牧民族的「行國」本色，實恰似一根「線」在地圖上左穿右插，與龐大的羅馬帝國及其聯盟拉鋸角力，如同「與整座天空拔河」。最後一行的「河堤」指多瑙河，而「拉著天空奔跑」至少有四種與匈人歷史有關的解釋：（1）阿提拉越多瑙河進攻義大利，摧毀阿奎萊亞，西羅馬帝國大譁，其皇帝甚至逃向羅馬城，被匈人的攻勢帶動著「奔跑」；（2）在阿提拉生前死後，蠻族東哥德降於匈人，西哥德則受匈人壓力而南遁，被迫像「奔跑」般離開故土，最終東、西哥德皆越過多瑙河而入侵義大利[16]；（3）西羅馬帝國的覆亡步伐因匈人的軍事行動而加快，儼如被「拉著奔跑」；（4）同時，「奔跑」也可指文化的快速變革，因匈人進擊而導致日耳曼、羅馬文化融合，這也是歷史應記的一筆[17]。凡此種種，皆可見白靈的文字收藏了一段段匈人的傳奇。

不過最耐人尋味的，還是〈風箏〉最後一行竟兼有「河」「堤」「拉」三字，這跟「阿提拉」不是有點相似嗎？

城頭變幻大王旗，白靈放的是風箏，抑或是匈人的軍旗？

為避免塗成一篇長論文，關於匈人的部分就寫到這裡罷手。

但我意猶未盡，還想拿「次經」的《尤迪傳》（*Book of Judith*）[18]複讀〈龍捲風——給性〉。

《尤迪傳》是一部古希伯來歷史小說，內容記載虔信上帝的以色列寡婦尤迪（Judith）在神的幫助下，以「美人計」刺殺亞述軍元帥何樂弗尼（Holophernes），從刀口下拯救了自己的民族。除歌頌上帝這一宗教味濃的主題外，該作亦著力於批判重男輕女的

---

[16] 方豪，《中西交通史》，上冊（長沙：岳麓書社，1987），172。
[17] 李伯庚，上冊，103-104。
[18] 張久宣譯，《聖經後典》，第2版（北京：商務印書館，1996），41-75。

思想[19]。

在《尤迪傳》中，何樂弗尼是權力僅次於亞述國王尼布甲尼撒（Nebuchadnezzar）的人物，受王命要使西方諸國賓服。傳文記載他一路摧毀了呂彼亞國、呂底亞國，繼而劫掠了所有居住在賽林地南部的羅斯人和以實瑪利人，接著又徹底破壞了亞伯倫河沿岸直至大海的所有城鎮，侵佔基利家的領土，殺害每一名反抗者，兵鋒直抵阿拉伯的雅弗地南部邊界，並包圍米甸人，甚至在麥收時節衝入大馬士革郊外平原，瘋狂縱火、殺戮，殘忍至極而又勢不可擋。因此，在〈龍捲風〉中，以「狂飆」、「野獸野獸著」來形容何樂弗尼的行事為人實在適合不過。及後何樂弗尼以十七萬步兵、一萬二千騎兵和數目龐大的後勤部隊兵臨以色列的伯夙利亞，黑雲壓城城欲摧，自然也給人「天擠迫著地」的感覺，與白靈〈龍捲風〉的詩文相合。

當以色列人面臨滅頂之災時，女主角尤迪乃挺身而出，來到「狂飆的中心」，即何樂弗尼的軍營。〈龍捲風〉的次行說：「旋轉著一支軟柔的豎笛」，這除了可解作女子款擺至敵營的柔美姿態外，若從「軟柔的豎笛」擇出「柔笛」二字，相信不會有人反對這是以諧音指涉「尤迪」。尤迪來到何樂弗尼軍中，亞述士兵皆為其美豔神魂顛倒；何樂弗尼更先是吃驚，繼而心神蕩漾，遏制不住要跟她示愛，以致在筵席中因尤迪的甜言蜜語而喝下海量的酒，最終在酣睡時被尤迪砍下頭顱。「最柔的」尤迪於萬軍之中取上將首級，成功刺殺「最硬的」何樂弗尼，呼應了「最柔的捆綁最硬的」這句〈龍捲風〉的話。

[19] David A. deSilva, *Introducing the Apocrypha: Message, Context, and Significance*（Grand Rapids, Michigan: Baker Academic, 2002）, 104-106; A. A. Di Lella, "Women in the *Wisdom of Ben Sira* and the *Book of Judith*: A Study in Contrasts and Reversals," *Congress Volume: Paris 1992*, ed. J. A. Emerton（Leiden; New York: E. J. Brill, 1995）, 51; Jan W. V. Henten, "Judith as Alternative Leader: A Reading of *Judith* 7-13," *A Feminist Companion to Esther, Judith and Susanna*, ed. Athalya Brenner（New York: T&T Clark International, 1995）, 250.

尤迪割下何樂弗尼首級

Cristofano Allori, *Judith with the Head of Holophernes*, 1613

　　順接下來，〈龍捲風〉說的「當愛席捲了一切」就可理解成尤
迪割下何樂弗尼首級，有效地羞辱了亞述軍隊[20]，使後者不得不撤
兵離去——女英雄因「愛」而保護了以色列的信仰傳統、性命及財
產。這裡的「愛」可作兩重衍義：（1）指對上帝和以色列民族的
「愛」，此是尤迪孤身犯險、實現「席捲一切」的基礎；（2）指
尤迪虛與委蛇，向何樂弗尼釋出「愛」意，使他放下戒心，此亦是
尤迪所以能「席捲一切」的必要條件。

---

[20]　T. M. Lemos, "Shame and Mutilation of Enemies in the Hebrew Bible," *Journal of Biblical Literature* 125.2（2006）: 234-235.

何樂弗尼兵臨亞述西方諸國，威加萬姓，本以為可以譜寫出屬於自己的英雄史詩。可是到了最後，「席捲了一切」的卻是寡婦尤迪，頌德歌功的「詩句」便從何樂弗尼身上失落、「丟棄」。那麼，這些讚美的「詩句」會轉移到「何方」呢？可想而知，是《尤迪傳》的主角尤迪和以色列人的上帝。小說結尾，尤迪所唱的感恩歌說到：

> 然而全能的主啊，
> 智取了他們；
> 他用一名婦女，
> 將他們全然擋住。
> 他們的英豪啊，
> 並非飲刃於青年戰士之手，
> 亦或為大力士所擊所殺。
> 這裡有尤迪，
> 乃米拉利之女，
> 憑她的美貌啊，
> 將他置於一敗塗地。

傳文一方面將勝利的榮耀歸給上帝，一方面也極力褒揚尤迪的功績，約翰・萊文森（John R. Levison, 1956- ）便直稱這是一篇視女性優於男性的公開宣言[21]。如是者，白靈〈龍捲風〉的「當愛席捲了一切，詩句會丟棄何方」亦能在《尤迪傳》裡找到完整的對應。

　　最後補充的是：何樂弗尼當不成英雄史詩的主角，〈龍捲風〉又為他安排了什麼歸宿？「誤讀」詩的末行：「原野又漸漸空無成一張荒涼的床」，答案便呼之欲出──只有「空無」與「荒涼」迎

---

[21]　John R. Levison, "*Judith* 16:14 and the Creation of Woman," *Journal of Biblical Literature* 114.3（1995）: 468.

向這位死在「床」上的元帥。值得留意，《尤迪傳》多次以「原野」襯托不可一世的何樂弗尼，如「抵達基利家北部山地附近的貝克特利郊外平原，安營紮寨」、「穿過美索不達米亞平原」、「衝入大馬士革郊外平原」等，皆表其行軍之疾捷迅速，勢如破竹；又如「營盤佈滿了整個郊野」，述其軍容龐大，莫之能禦。因此，我們甚至可視〈龍捲風〉末行的「原野」為何樂弗尼事功的轉喻，其「空無」「荒涼」，指的是何樂弗尼「榮樂止乎其身」，無法因戰績名垂後世。這樣理解，應可使《尤迪傳》版本的「誤讀」獲得更為周全的支撐。

白靈大概沒有想過，寫性的詩篇會與美貌女子，不，是與宗教文本扯上關係吧！

加上尤迪版本的「誤讀」，我們終能為〈龍捲風〉的副題「給性」作點新詮：副題裡的「性」字並不必然指「性愛」，它亦可指「性別」。無論連結的是伊笛可還是尤迪，「誤讀」的文本都在傳唱女子制服兇悍大漢的事跡，對女性左右局勢的關鍵作用給予了充分肯定——所謂寫詩給「性」，致獻的對象原也是英勇的「女性」。

這算是一種對原主題的「昇華」嗎？如果我們講求的是文學的教化作用的話。

談到教化作用，恐怕是太離地了——「上去，再上去，都快看不見了」！

所以不如卑之，莫作高論。

我們或許能在茶館分享這些奇怪的解讀，讓無盡的時光展開在方寸的餐桌之上。正如白靈寫過的：「數十載歲月清茶幾盞／幾百樣年華淺碟數盤／一桌子好漢茶壺裡翻滾／唯黑臉瓜子是甘草人物／在流轉的話題間，竊竊私語」[22]……

---

[22] 白靈，〈茶館〉，《白靈詩選》，12。

P.S.我得承認，我對阿提拉以及阿茲特克的最初認識，均是來自一款戰略遊戲——《世紀帝國II：征服者入侵》（*Age of Empires II: The Conquerors Expansion*）。聞紀州庵五月文藝沙龍以「我的電玩　我的詩　我的動漫我的夢」為主題，惜我人在香港無以就教。悲夫！幸好還有how do you turn this on。

寺外一匹引擎，朝深夜轟隆奔來：
白靈「五行詩」與《熙德之歌》

實在很難找到合適的方式來敘說這一階段的想法。

白靈的「五行詩」，我看，與人稱熙德（El Cid）的羅德里戈‧迪亞茲‧德‧維瓦爾（Rodrigo Díaz de Vivar, 1043-1099）也有觸發聯繫的可能[1]。

少年羅德里戈誅殺嘲笑其父親的洛薩諾伯爵
Juan Vicens Cots, *First Fear of the Cid*, 1864

---

[1]　本篇關於熙德生平和《熙德之歌》內容的敘述，主要參考Paul Blackburn, *Poem of the Cid: A Modern Translation with Notes*, ed. George Economou（Norman, Oklahoma: U of Oklahoma P, 1998）；趙金平譯，《熙德之歌》（臺北：桂冠圖書股份有限公司，1994）。

——我已經講過「五行詩」與阿茲特克歷史，已講過「五行詩」與匈人西征，現再講一章「五行詩」與熙德，使白靈新詩與《世紀帝國II：征服者入侵》（*Age of Empires II: The Conquerors Expansion*）的全部戰略關卡相聯，戴著來跳舞的腳鐐彷彿愈收愈緊，但「誤讀」總是在這種狹小縫隙中倍顯它的屈伸想像之能。

　　那麼從比較俗套的人物介紹開始：

　　羅德里戈出生於貴族家庭，智勇兼備，在十一世紀階段的「收復失地運動」（Reconquista）中多次挫敗摩爾人，因其風範崇高，更得到對手尊稱為「熙德」，即是「主人」之意。由於戰功彪炳，熙德初時頗獲卡斯蒂利亞國王阿方索六世（Alfonso VI, 1040-1109）器重，受任為王室行政長官和禁衛軍首領，並蒙恩與阿方索六世之堂妹希梅娜（Jimena, 約1054-約1115）結婚。

阿方索六世發誓未有謀害兄長並由熙德見證
Armando Menocal, *Jura of Santa Gadea*, 1889

然而，熙德因未經阿方索六世同意，就擅自攻打托萊多，引起了國王的不滿，遂遭到第一次流放。熙德於是帶領其追隨者離開卡斯蒂利亞，轉投佔領薩拉戈薩的摩爾人國王，服役於昔日的敵對勢力。數年後，熙德重獲阿方索六世錄用，其後卻又因身為國王侍從而在國王出遊時遲到，以致再被驅逐。

　　不過，此時的熙德已因其驍勇、寬宏、慷慨等特質，贏得了眾人的景慕。來自卡斯蒂利亞及周邊諸王國的勇士紛紛前來投奔，助成熙德勢力的迅速壯大。熙德乃持續與摩爾人作戰，憑其機智勇敢，屢屢得勝，更最終攻佔巴倫西亞和鄰近各處，成為當地實際上的統治者，直至逝世。

　　羅德里戈傳奇的一生滋養了文學家的靈感，經妙筆作藝術改編，遂衍生出眾多優秀篇章，其中就包括具殿堂級地位的西班牙史詩《熙德之歌》（The Poem of the Cid）。

　　《熙德之歌》共含三歌（三大段落）。第一歌的主題為「熙德被放逐」（The Cid's Exile），講述熙德因得罪阿方索六世而被逐離卡斯蒂利亞，但其追隨者不離不棄，輔助熙德轉戰摩爾人的領地，並取得了豐碩的成果。第二歌主題為「熙德女兒們的婚禮」（The Wedding of the Cid's Daughters），敘述熙德佔領巴倫西亞，威震海內，但阿方索六世為無行的貴族公子費爾南多（Fernando）、迭戈（Diego）安排迎娶熙德的兩個女兒，使熙德雖不同意，但礙於國王情面而被迫接受。最後的第三歌以「科爾佩斯橡樹林中的暴行」（The Atrocity at Corpes）為題，說費爾南多和迭戈因貪生怕死而遭熙德手下恥笑，二人懷恨在心，乃在科爾佩斯橡樹林剝去熙德女兒的外衣，肆行鞭打並就地遺棄她們；其後熙德控告二人，與之決鬥，成功恢復榮耀，兩個女兒則分別與納瓦拉和阿拉貢的王子再婚，全詩乃在隆重婚禮的喜悅聲中收結。

　　從總體看，《熙德之歌》保留了歷史上羅德里戈的性格與才能，亦反映了他的重要事功，如攻陷巴倫西亞等；但該作以熙德家

庭的遭遇為推動情節之關鍵，又消去了熙德曾服事摩爾人的事跡等，則都是出於特定考量的藝術設計。詩人們後天的種種改造，使得《熙德之歌》的羅德里戈與其歷史面貌不盡相同，而白靈的「五行詩」，唔，確可以和《熙德之歌》聯成一塊。

「是金Ａ？」

嗯，將《熙德之歌》重新編為中文劇目，「五行詩」肯定是劇內眾角銜接自然的道白與唱詞。

「是金Ａ？」

事不宜遲，請看——

【第一幕】

阿方索六世派熙德徵收科爾巴多和塞維利亞應繳的歲貢，碰上格拉納達興兵侵略塞維利亞，熙德無法勸止，乃率師攻擊格拉納達軍隊，大獲全勝，順利為阿方索帶回豐富的戰利品和貢賦。國王身邊的小人卻嫉妒熙德，紛紛進讒言、說假話，以致惱怒的阿方索降旨驅逐熙德，並限他在九天內離開國境。當時的熙德為了抒發胸臆，應可以獨白形式唸出一首「五行詩」：

> 心事懸而未決
> 晚鐘就響了
> 風拂過湖面
> 那細細的漣漪
> 想是鐘聲步行的痕跡了[2]

滿懷不捨之情，但逐寸流走的時間又無情地催促自己遠行，熙

---

[2] 白靈，〈湖邊山寺聞鐘聲〉，《五行詩及其手稿》，102。

德只好召集家臣，詢問他們是否願意追隨自己，一同離開卡斯蒂利亞。由於熙德情深義重，眾勇士皆表示：即使前方盡是困難，需要耗盡財物，疲死驟馬，他們也絕不與熙德分離，必定忠誠地永遠為他效命。家臣們的回應，亦可以「五行詩」進行演繹：

> 光亮的無，不如暗黑的有
> 點燃不著的鑽石，不如恍惚閃爍的螢火
> 堅貞恆定的星群，不如浪蕩叫喊的流星
> 攬昨天三年，不如追明日一天
> 能笑，不如能哭[3]

留在卡斯蒂利亞雖可確保生活之安穩，但這種徒具表相的「光亮」是「點燃不著」的，故這種對土地的「堅貞恆定」並無價值。相反，蒙上污名的熙德雖前途「暗黑」，難以逆料，但他的高尚品格、卓越將才實如「螢火」般閃出光芒，在「浪蕩」裡仍是顆「叫喊」得響亮的星，予人無比的希望。所以，眾家臣一致認為：與其戀土重遷，不如隨熙德「追明日一天」；與其圖逸樂而苟活，不如在苦楚中譜出輝煌。

家臣們表明心志，誓死追隨，熙德十分感激，一行人便離開比瓦爾，朝布爾戈斯出發。熙德遺下了心愛的獵鷹、蛻換羽毛的鶺鴒，加上眼見府邸變得荒涼，觸景傷情，不禁淚落如珠，抑鬱非常。但走出比瓦爾時，一隻烏鴉飛在他右邊，進入布爾戈斯時烏鴉卻飛在左邊，呈現吉兆。熙德乃振作精神，對眾人聲言：今日雖流離失所，他朝必滿載榮耀歸來。鬥志昂揚的熙德脫口吟出：

> 夢想是非常毛毛蟲的

---

[3]　白靈，〈不如歌III〉，《五行詩及其手稿》，41。

做繭正是翅膀的
哲學，綑綁自己
在無法呼吸的時刻
飛　才開始[4]

被逐離國，使熙德彷如有「無法呼吸」的痛苦，但若視之為生命
躍進的契機，又有何妨？奏凱而歸的「夢想」雖然「非常毛毛
蟲」──尚在萌芽階段，但只要跨過困難，必然能「飛」。「置之
死地而後生」，大概便是熙德此際的想法。

【第二幕】
　　熙德和家臣來到布爾戈斯，礙於阿方索六世的命令，沒有人
敢讓這位英雄投宿或購買食物，意志堅定的熙德開始承受精神和肉
體的雙重折磨。幸運的是，受熙德威名感召，布爾戈斯人馬丁·安
托利內斯（Martin Antolínez）來到帳前投效，並從家裡帶來大批食
糧。在接收食物後，熙德吩咐馬丁準備兩隻大箱，裝滿沙子，覆
上雕花皮張，牢牢釘上，設計用它們弄取猶太人的金錢。馬丁遵
囑照辦，當他夜裡前往城堡找放高利貸的猶太人時，應會沾沾自
喜地吟唱：

幾聲梆子敲沉了整座村落
已闔眼的世界在狗吠聲中翻身
一隻失眠的青蛙凸眼滴溜溜轉
池上一個燈籠，池底一個燈籠
敲更人提著一個晃動的夢境[5]

4　白靈，〈演化〉，《五行詩及其手稿》，48。
5　白靈，〈燈籠〉，《五行詩及其手稿》，101。

原來馬丁對猶太人說，兩隻大箱裡盛滿了熙德的金銀財寶，只要猶太人借給熙德六百馬克、承諾幫忙暫管大箱且在一年內不打開它們，那麼托管期滿後，熙德便將奉上豐厚的回報。貨利當前，猶太人乃不虞有詐，竟真的付出三百銀馬克、三百金馬克，並給了馬丁三十馬克作中介酬金，徹徹底底地迷於儼如「池上一個燈籠，池底一個燈籠」的障眼法，被虛幻的「晃動的夢境」所惑，接下「敲更人」馬丁這筆風險極大、隨時令他們血本無歸的生意。

　　可作補充的是：「幾聲梆子敲沉了整座村落」和「已闔眼的世界」都呼應馬丁找猶太人的時間——晚上；發出「狗吠聲」的和「失眠的青蛙」，則指兩名入夜了仍孜孜不倦地數錢的猶太人。在這裡，狗、蛙的比喻帶有一定的輕蔑意味，但考慮到中世紀「反猶」思潮盛行（《熙德之歌》中猶太人被限制住處），則馬丁如此形容，亦可說符合時代的客觀環境。

　　回到主線，其時人力、糧食、金錢俱備，熙德乃與旗下勇士出發前往卡德尼亞，和寄身該處的妻子作別。熙德是位智勇雙全的英雄，更是位愛惜家人的柔情鐵漢，不妨想像他跟妻子會面之前、在路上如斯期盼著：

　　　翻動一下午的雲
　　　才找到一朵
　　　最像你的唇
　　　再長的思念都搆不著
　　　讓它懸著吧　　看風來回捏揉[6]

舉目望天，好不容易找著與妻子希梅娜相似的唇，雖然還「搆不著」，但能有這絲聯繫，熙德已滿心歡喜。他亦這般企盼：

---

[6] 白靈，〈唇與雲〉，《五行詩及其手稿》，136。

你的笑是雲朵

　　自你臉頰上飄出

　　飄向我　撞到我

　　包圍了我的臉頰

　　我的笑也醒來，甜成雲朵[7]

可以說，熙德是以美滿的幻想自慰。但事實是，面對生離，希梅娜一見熙德便兩眼汪汪，熙德也熱淚泉湧、嘆息吁聲。熙德愛希梅娜如同愛自己的靈魂，因此想像和現實的距離，足以讓他更沉重地陷入內心的淒酸。

　　希梅娜不忍丈夫離去，其難捨之情，呼應著此前熙德「我的笑也醒來」之語，乃靠〈微笑〉三首[8]表達：

　　沒有蝴蝶的親吻，花是寂寞的

　　沒有斧的飢渴，木頭是寂寞的

　　沒有你的燃燒，愛是寂寞的

　　那麼，襲擊我吧，以你的唇和微笑

　　不要留下我，在寂寞裡游泳

　　沒有小鳥的駐唱，樹是寂寞的

　　沒有鋤的敲擊，泥土是寂寞的

　　沒有你的纏繞，心是寂寞的

　　那麼，捲走我吧，以你暈人的酒窩

　　不要留下我，在寂寞裡游泳

7　白靈，〈笑的雲朵〉，《五行詩及其手稿》，137。
8　白靈，《五行詩及其手稿》，156-158。

沒有船兒的晃盪，海是寂寞的
沒有雲的魔法，天空是寂寞的
沒有你的凝視，夜是寂寞的
那麼，載走我吧，以你微笑的翅膀
不要留下我，在寂寞裡游泳

希梅娜多番強調，她若失去熙德，內心將寂寞無比，故懇切地盼望丈夫別要撇下自己。值得注意，「雲」在第三曲中又成為熙德與希梅娜遙相思念的中介，使得幾段「五行詩」環環相扣，前後映照——「誤讀」中有其巧合的緊密結構，新詮成立的條件也更加充分。

　　承接上述情節，希梅娜的三首〈微笑〉構成疊章，迴環往復，一唱三嘆，感人至深，可是再纏綿的愛意，再繾綣的情思，都無法扭轉熙德被逐離國的命運。一念及此，熙德即悲慟不已，道出：

她的喉嚨是我失眠的原點
淋不濕的歌聲不肯成眠
像昨天的噩夢，飄過
雨溶溶的夜，恣意地迂迴於
我左耳與右耳的小巷之間[9]

與妻子離別是使熙德感到痛苦萬狀的事，當時他只得留下足夠的資金，托修道院長照顧妻女，並向上帝祈求，願主保佑自己他日能親身料理女兒的婚事——看官，這就為《熙德之歌》的第二、第三歌埋下伏線。

　　一直至此，白靈「五行詩」和《熙德之歌》的情節都能夠十分理想地結合。接下來，熙德將展開征服之旅，刀光劍影，鼓鳴馬

---

[9]　白靈，《五行詩及其手稿》，161。

遭虐的熙德女兒
Ignacio Pinazo Camarlench, *The Daughters of the Cid*, 1879

嘶。不如先中場休息一下，以便讀者轉換心情，更好地接收稍後的
戰爭場景。

　　——談起戰爭，中國的「兵學聖經」自為《孫子兵法》[10]無
疑。如果拿《孫子兵法》的戰策比附詩人的風貌，我所研閱並深
深敬服的詩人當中，蕭蕭（蕭水順，1947- ）留意篇外之事，往往

---

[10]　魏汝霖註譯，《孫子今註今譯》，第3版（臺北：臺灣商務印書館，2019）。

「始如處女，敵人開戶，後如脫兔，敵不及拒」，給讀者莫大的震撼；張默詩的節奏「勢如彍弩，節如發機」，是胸次廣而力萬鈞的代表；向陽（林淇瀁，1955- ）注重佈局，「譬如率然……擊其首則尾至，擊其尾則首至，擊其中則首尾俱至」，呼應綿密；隱地（柯青華，1937- ）則「兵聞拙速，未睹巧之久也」，語雖平白而哲理湛深，極耐品味。至於白靈，可謂「善出奇者」，其「五行詩」類如聲、色與味——「聲不過五，五聲之變，不可勝聽也；色不過五，五色之變，不可勝觀也；味不過五，五味之變，不可勝嘗也」——行不過五，五行之變，不可勝言也[11]，是以「五行詩」亦容許「誤讀」一枝數葉開，「無窮如天地，不竭如江河」吧。

【第三幕】

　　繼續《熙德之歌》與白靈「五行詩」的對照連結。

　　在卡德尼亞接受筵席招待的當兒，熙德接獲一道喜訊：在了解他蒙冤受屈的真相後，卡斯蒂利亞各處都有好漢自動放棄房產，趕來熙德帳前輸誠。這支新力軍共計一百餘人，讓熙德重拾開篇以來少有的興奮與激情。這時，白靈的〈野營〉最適合眾勇士齊唱：

　　　　把冬天搓入柴火堆煮沸

---

[11] 白靈亦曾自述「五行詩」之靈活性，可與「五聲」、「五色」、「五味」配搭之無窮並觀，其文謂：「五行詩可以被看成介於有意和無意之間的形式，它是一個基數，就像我們的五根指頭一樣，可以透過它們的比劃、彎曲、變形、變幻的靈活度，表現由0至10的任一數字，因此它也是二與三、四與一的集合體，和六至十的縮減，以是有些五行詩可能由一行詩擴充而得、或是十行詩濃縮減肥而成。這其中的拿捏都是希望在有限的行數內，將情感純化至某個恰當的簡單形式。如此文白分配比例、上下排列、圖象化等，均可能在五行之內展開，如前兩行將之對偶句化（如〈乘船下滿江〉）、上下句長短對比（如〈子夜城〉）、形象圖式化（如〈鐘擺〉），或三二句分兩段（如〈撒哈拉〉）、四一句分兩段（如〈孤獨〉）等等，若再加上每行字數自由調節、節奏變化，乃至加上『空白』、『跳躍』、『斷脫』、『逃離』等手法的運用，五行一百字內其實就已大有乾坤了，或值愛詩人加以注目。」見白靈，〈五行究竟——《五行詩及其手稿》自序〉，213。

四野圍進來一群想煨暖的星星

當風聲將歌聲一首首駝到天涯

只留幾顆音符，在炭火上滋滋作響

天地上下，唯一爐燒紅的夢供應著能量[12]

「冬天」既可代指被逐的熙德，也可代指捨棄家財的好漢；一無所有的他們聚集起來，竟產生化學反應，變作「柴火堆」，彼此燃旺——好漢們復甦了熙德的豪情，熙德則激起眾好漢的熱心，雙方都「煮沸」一般，血脈沸騰。至於〈野營〉的第二、三行，若理解為勇士從四方八面圍攏到熙德身邊，即使明知要「駝到天涯」、遠離本國也義無反顧，讀來亦毫無違和感。那麼，為什麼好漢們會對熙德如此委身呢？此因在他們心中，崇高善戰的熙德便是那「唯一」的「一爐燒紅的夢」，為渴望樹勳異域者供應著無盡的力量，絕對值得以性命相隨。

得眾勇士以性命相隨，熙德心情之興奮可想而知。在眾人的熱情環繞下，熙德激昂地發言，承諾今日眾人的付出、損失，繼之以他朝戰場上的血汗，必將能換來功名之夢的實現，譜出新的英雄史詩：

戰士們鴉雀無聲

齊聚於火光沖天的殿堂

在神前獻上割下的耳朵，和腳

繼之以灼烤後的心肝

那無以名之而歷史上稱之為「詩」的東西……[13]

首行讓眾戰士安心靜聽；第二行「火光沖天的殿堂」呼應「柴

---

[12] 白靈，《五行詩及其手稿》，171。
[13] 白靈，〈意志〉，《五行詩及其手稿》，100。

火堆」，指當下勇者齊集的情景，豪氣干雲；第三行割下「耳朵」指不聽旁人勸告，割下「腳」指永不退轉，均謂戰士們棄掉財產，一心一意追隨明主；第四行提到「灼烤後的心肝」，則指眾好漢日後從軍作戰，必須經歷火炙般的磨難；而走過萬劫之路後，如第五行所說，好漢們必能像「歷史上」其他史「詩」英雄一般，建立不朽的名聲。可以看出：好漢們效忠熙德，熙德也同樣承諾湧泉相報，領大家實現美夢。

接著，熙德一行穿越了埃斯比納索·德岡、聖埃斯特萬、阿庫比利亞和卡爾薩達·德吉內亞，又從納瓦帕洛斯渡過杜羅河，來到菲格魯埃拉歇息。這一路走來，除了陸陸續續有人加入熙德的隊伍之餘，在卡斯蒂利亞的最後一夜，連天使長加百列（Gabriel）也前來安慰，向熙德宣說將來必有時來運轉的機遇。為這一幕添枝加葉、增強戲劇效果，或可安排「謎之音」渲染加百列之出場：

> 竹林在狂風中甩著滿頭亂髮
> 幽靈踢起落葉尋找自己的腳印
> 整座山只有窗臺上那根紅蠟燭
> 眨也不眨眼，驚訝於黑暗中
> 玻璃窗上一個亮麗、惹火的身影[14]

越出卡斯蒂利亞的邊界，熙德一行便進入托萊多摩爾王國。於此，擅長征戰的熙德安排米納雅（Minaya）率領先鋒二百人攻打阿爾卡拉，自己則帶著隨從一百人，埋伏著突襲卡斯特洪。結果，熙德和部下幾乎沒遇到任何阻撓，就將卡斯特洪收入囊中，而米納雅也輕鬆地奪得阿爾卡拉。兩座城池，僅只一個早上，靠著三百人之力，就歸入熙德麾下，難怪他自豪地說：

---

[14] 白靈，〈燭臺〉，《五行詩及其手稿》，78。

得拎起幾個詩人
才夠拎起這時代飛到未來？
放在誰的心頭？解開什麼？
但繞一個早晨，幾隻小蝴蝶
就拎起了整座花園，飛走[15]

「整座花園」自是指卡斯特洪與阿爾卡拉二城，「幾隻小蝴蝶」自是指熙德僅有的三百人隊伍，諒無問題，而「五行詩」之與進軍二城相合，連時間的「早晨」也命中，更使人無話可說。由於戰績輝煌，熙德感嘆：得有幾多個優秀的史詩作者，才足以完整地傳頌他的超卓——「得拎起幾個詩人／才能夠拎起這時代飛到未來？」首兩行可如此判讀。

慶幸的是，熙德並未被勝利衝昏頭腦。在妥善處理各種戰利品後，冷靜的他即下令離開卡斯特洪，原因是逃避阿方索領軍尾隨進攻。另外，他也提到卡斯特洪在戰爭中難免缺水的困局。談及水，此時或可安排一名年輕部下插科打諢，說出：

魚是水想轉動的眼睛吧
一條魚像一顆　星　游　來
從不在同一位置停留
運動的魚群即
運轉的星系了[16]

確實，熙德像「一條魚」或「一顆星」，來到卡斯特洪後，卻不能「在同一位置停留」，必須領軍撤出。當然，這只是熙德越境

---

[15] 白靈，〈拎〉，《五行詩及其手稿》，128。
[16] 白靈，〈水因魚而自由〉，《五行詩及其手稿》，131。

征戰的開端。《熙德之歌》第一歌接續寫了阿爾科塞爾、阿爾卡尼斯等地的戰役及熙德與巴塞羅那伯爵交戰之事，而這許多環節中，均有著可與「五行詩」相接之處。

且容細析——

【第四幕】

來到歸屬巴倫西亞的阿爾科塞爾附近時，熙德先是在山丘紮營並挖通防護溝，除了教摩爾人不敢來犯外，也顯示長期駐留的姿態，使城中居民心生恐懼，畏怕熙德隨時來攻。這樣過了不久，惶惶不安的阿爾科塞爾和鄰近的阿特卡人、特雷爾人都前來進貢，以求和平。但是，熙德的目標不變，他要拿下阿爾科塞爾，取得根據地。他使出詐逃之計，引誘敵軍，阿爾科塞爾亦傾城來追，跌入陷阱。熙德的將士可唱道：

> 扇我，扇我，百花們香汗淋漓地喊著
> 誤闖的蝴蝶愣了愣，當起小扇子來
> 扇扇東，扇扇西，扇扇南，扇扇北
> 扇得好累，細枝上歇著，抖抖扇面的香氣
> 趁花朵們不注意，翻出籬牆去[17]

最終「誤闖」的摩爾人慘敗，或許少數能「趁」熙德軍隊「不注意」時，急急「翻出籬牆去」，逃往他方，但他們大部分都成為刀下亡魂或熙德的屬民。佩德羅·貝穆德斯（Pedro Bermúdez）則在城的最高處插上大旗，宣示熙德對阿爾科塞爾的主權。

熙德的大旗在阿爾科塞爾飄揚，阿特卡人、特雷爾人、卡拉塔尤德人更加恐慌，於是給巴倫西亞國王塔明（Tamín）寫信，說被

---

[17] 白靈，〈蝴蝶〉，《五行詩及其手稿》，72。

趕出卡斯蒂利亞的熙德將搶走大片領土，請求國王立即遣將增援。
其信文謂：

> 廣闊無窮的風
> 只因一面旗，奔騰的旗
> 從絕望中甦醒
>
> 圍一尊神般
> 風圍著旗，歡叫，嘶喊……[18]

他講的是熙德得了固若金湯的堅城，豎起「奔騰的旗」後，就像
「廣闊無窮的風」，從被逐的「絕望中甦醒」；而且熙德的勇士個
個忠心，效命主帥如同「圍一尊神般」，長久下去必會「歡叫」、
「嘶喊」，狂飆地侵略摩爾人的領土，教塔明國王損失無算。

　　得知事態嚴重，塔明國王即派摩爾人首領法里斯（Fáriz）和加
爾維（Galve）出發，統率三千名全副武裝的戰士，包圍阿爾科塞
爾，連續三星期，斷絕了熙德部隊的水源。到第四個禮拜，熙德決
定出城破敵，但由於摩爾人勢大，熙德最初只穩住陣勢，伺機而
發，直至掌旗的佩德羅違命進擊，身陷險境，為了將他救出，熙德
才躍馬廝殺，在猛將米納雅、馬丁等的協助之下，殺死無數摩爾
人，並使法里斯、加爾維沒命奔竄。《熙德之歌》濃墨重彩地描繪
此役，而移用「五行詩」再作渲染，效果亦甚理想：

> 整齣黃昏都是白晝與黑夜浪漫的爭執
> 雲彩把滿天顏料用力調勻
> 天空再也抱不住的那

---

[18] 白靈，〈甦醒〉，《五行詩及其手稿》，147。

落日──掉在大海的波浪上
　　　彈　了兩下[19]

熙德與摩爾人的「爭執」譜出了一段極富「浪漫」色彩的史詩──前者掌控全局，指揮若定，即如「雲彩」一般，「把滿天顏料用力調勻」；相反，後者兵敗如山倒，彷彿急走下坡之「落日」，注定「掉在大海」，無法收拾局面。可茲注意的是，「雲」在我的「誤讀」中常常與熙德相聯，而「落日」在這裡則首次用來象徵失敗的敵人。

　　熙德戰勝圍城的摩爾人軍隊，繳獲大批戰利品，一邊令米納雅執行向阿方索六世奉貢等任務，一邊則考慮阿爾科塞爾不宜久居的問題，最後決議將該城重新售予摩爾人。有見熙德先是得卡斯特洪而不守，再是阿爾科塞爾破圍而不留，當時應該會有人評論說：

　　　就在距離世界不遠的地方
　　　一隻小白蝶剛剛飛越窗口
　　　又飛回，現在與過去的兩條蝶影
　　　就這麼先後飛入屋內，把一切掃描完畢
　　　打了個結，飛走[20]

　　不可不察，「蝶」有時代表熙德或他的手下，如希梅娜說過「沒有蝴蝶的親吻，花是寂寞的」，此處的「蝶」為熙德；又如輕奪卡斯特洪與阿爾卡拉後，熙德說是「幾隻小蝴蝶」的功勞，此處的「蝶」則指熙德和部下。另一方面，「蝶」也能指摩爾人，如阿爾科塞爾中誘敵之計者，之前就被稱為「誤闖的蝴蝶」。

　　而在上引的這段「評論」裡，「剛剛飛越窗口／又飛回」的

19　白靈，〈爭執〉，《五行詩及其手稿》，42。
20　白靈，〈就在距離世界不遠的地方〉，《五行詩及其手稿》，67。

「小白蝶」是指摩爾人——其對阿爾科塞爾的主權才失落不久，又重新得回。另一邊廂，「把一切掃描完畢／打了個結，飛走」的、「現在與過去的兩條蝶影」則是熙德及其麾下——無論是身處「現在」的阿爾科塞爾或「過去」的卡斯特洪，他們在攫奪城中財貨之後，便得急急撤離。評論者的言詞，實不乏調侃熙德的意味。

至於仇恨熙德的特雷爾人、卡拉塔尤德人，現在則稱心滿意，為熙德的離開高興地唱道：

幾億年一塊石頭
幾天一朵花
幾秒鐘一樹蔭
一隻蟑螂走來，坐在石上
下了一窩蛋後走了[21]

他們譏笑熙德是「下了一窩蛋」便得匆匆開跑的「蟑螂」，肆意貶低熙德的偉岸形象，大概可算是「精神勝利法」的一種呈現吧。

至此，關於阿爾科塞爾的段落告終。

【第五幕】

繼續催馬前進，熙德一行來到波約安身，而稍後米納雅則從卡斯蒂利亞帶來兩百名騎士，進一步壯大熙德的軍容。在這一階段，熙德軍的行動計有：使馬丁河谷交上貢品；搶掠特魯埃爾省邊緣直到特瓦爾松林一帶的財富；使薩拉戈薩呈獻貢品；突襲阿爾卡尼斯，奪取金銀細軟等。這些消息廣泛傳開之後，蒙松人和韋斯卡人都大感憂慮。熙德總結成果，快意地說：

---

[21] 白靈，〈石〉，《五行詩及其手稿》，133。

　　　　一朵白雲抹亮了湖心
　　　　奮翅游泳過去幾隻鳥影
　　　　鳥的叫聲使整座湖淺淺
　　　　淺淺的地震，群山坐不住
　　　　醉熊之姿一隻隻倒頭栽入了[22]

　　他喻自己為「白雲」（按：「雲」再次與熙德相聯）、波約為「湖心」，聲言自己的行動為波約的政治版圖帶來了新貌，如同「白雲抹亮了湖心」。而他縱橫馳突、喊聲震天的軍隊，則是詩中的「鳥」，使得波約「整座湖」儼如遭受「淺淺的地震」般，當地的掌權者與民眾都「坐不住」了、紛紛栽倒。

　　其後，熙德的鐵蹄更踐踏巴塞羅那伯爵庇護的韋薩和蒙塔爾萬，連續十天攻打該兩地方，以致各處的人都異口同聲說：被卡斯蒂利亞流放的熙德帶來了巨大的禍殃！這些地方的管治者若向巴塞羅那伯爵求援，大概會說出如下的話：

　　　　那朵雲一點都不正經
　　　　一顆撞球似的碰這面山
　　　　彈回來又撞向那面山
　　　　就在群山圈住的球檯上
　　　　偎來　下午　偎去　黃昏[23]

他們的論調，主要是針對「雲」（熙德）的「不正經」、不安於本分，向巴塞羅那伯爵傳遞了熙德近日四處侵略的基本信息。
　　他們接著補充：

---

[22]　白靈，〈一朵白雲抹亮了湖心〉，《五行詩及其手稿》，77。
[23]　白靈，〈手〉，《五行詩及其手稿》，185。

誰能叫蒼鷹拆下翅膀
獅子卸下爪牙
那人走進每一歲月，都設法
在地面埋下一池池影子
翼翼如埋下居心叵測的，黑洞[24]

顯而易見，這是說熙德如「蒼鷹」翅膀難折，如「獅子」爪牙難
拔，以激將法催促伯爵儘早對付熙德；另外，第三行後說的是伯爵
若繼續縱容，「居心叵測」的熙德必將像「黑洞」般吞沒他的領
土，從權衡利害的角度正面勸誘伯爵出兵。

《熙德之歌》裡的巴塞羅那伯爵是非常自負的，聞說熙德要襲
掠他的領土，立刻揚言追究到底，狂傲地說：

把六百公里的風雨摟成一球，海要遠征
狂飆的中心藏著慈祥透明的眼睛
愛要孔武有力，總是摟著恨，不憚千里
狠狠一擊，大海對大陸，流動對不流動
靈對肉，千軍萬馬地咆哮、踐踏……[25]

他並且坐言起行，即時匯集「孔武有力」的摩爾人、基督徒聯軍，
「千軍萬馬」「不憚千里」地連走三日三夜，「摟著恨」在特瓦爾
的松林中趕上熙德，要給他「狠狠一擊」。

在特瓦爾的松林中，熙德本欲避免一場惡戰，他差人向伯爵
傳話，要求放行，卻遭到伯爵斷然拒絕。沒奈何，熙德只好就地迎
擊。沒料到，不可一世的巴塞羅那伯爵純粹言過其實，雙方一接
戰，其數量龐大的軍隊竟即刻潰敗下來、死傷無數，自己更淪為俘

[24] 白靈，〈影子——臺灣的奧薩瑪・賓拉登〉，《五行詩及其手稿》，129。
[25] 白靈，〈颱風II〉，《五行詩及其手稿》，85。

虜，連價值一千馬克的寶劍「科拉達」也落入熙德手中。用「五行詩」來形容，情形約莫是這樣：

> 收集了一整季夏
> 大地突地把掌中樹葉一次放　鬆
> 赤裸的樹不得不劍拔弩張了
> 落日忘了帶降落傘
> ——重重地插入枝枒[26]

　　巴塞羅那伯爵「收集」了一輩子的權勢、威名，卻因「一次放　鬆」輕敵，以致像忘記帶降落傘的「落日」般，重重地摔了一跤，一敗塗地，顏面無存。在此，細心的讀者應能意識到，這是「誤讀」中第二次以「落日」借指熙德的敵手（上次為阿爾科塞爾破圍戰），其中有隱隱的暗線連結。

　　上述便是《熙德之歌》第一歌所載的最後一戰，熙德擊敗強敵，完全有驚無險。成為俘虜之後，巴塞羅那伯爵一度絕食求死，熙德卻承諾放他離去，令伯爵答應奉貢及絕不復仇。於是，長達千餘節的《熙德之歌》第一歌，就在這伯爵踢馬離去、熙德顯出寬宏大量的一章中拉下帷幕。

　　為使第一歌有首有尾，前呼後應，我建議可讓穩賺戰利品的眾將士齊聲誦唱：

> 熱鬧的無不如荒涼的有
> 甘霖泛濫的原野，不如仙人掌握的沙漠
> 快樂躺平的湖泊，不如傷心能飛的烏雲
> 霸南極萬里，不如據火山一座

---

[26] 白靈，〈秋日〉，《五行詩及其手稿》，109。

被冰，不如被焚[27]

他們當初選擇和熙德踏上流浪之旅，放棄安定，固然存著風險；但是現在看來，確實非常值得——與其獨留卡斯蒂利亞，遭不辨賢愚、顛倒是非的國王冷待，「被冰」，不如親手「掌握」自己的前程，與「烏雲」熙德同受試煉，「焚」燒年華，無怨無悔。

好的。

到了此等程度，應該滿意了，應該能接受：「五行詩」與《熙德之歌》是能夠聯成一塊的。

這次的「誤讀」，就隨第一歌一併收結罷。

「為什麼不新詮下去呢？」原因並不是第二、三歌無法「誤讀」出理想的結果。

不誠實地回答：我倒是很希望白靈在新的創作中，為第二、三歌譜上詩篇，使《熙德之歌》真的出爐一個穿插「五行詩」的中文版本。

猶記得白靈在〈松江詩園所見〉裡餘韻悠揚地寫道：「他們在我的詩上跳舞／我的詩忽明忽暗，震動且讚嘆／／或四面或八方去了那些沾了我的詩的影子」[28]，而現在我們讓《熙德之歌》的各個角色隨「五行詩」起舞，震動著，讚嘆著，並衍生出忽明忽暗、四面八方、莫衷一是的意義來，不正巧合地體現了〈松江詩園所見〉的詩旨嗎？

游喚（游志誠，1956- ）、簡政珍（1950- ）曾說白靈喜做「補述」語言，有時會使詩文本埋藏的空隙收窄，不利藝術水平之拔高[29]。作為白靈高原期的篇什，小巧清通的「五行詩」則可謂成

---

[27] 白靈，〈不如歌II〉，《五行詩及其手稿》，40。
[28] 白靈，《五行詩及其手稿》，115。
[29] 游喚（游志誠）執筆、簡政珍補述，〈白靈論〉，《新世代詩人精選集》，簡政珍

功擺脫了說明文字之雙重書寫，為讀者鋪展出極其開闊的想像空間──它能彈性地與阿茲特克、匈人、熙德等相互聯結，就是一極富說服力的證明。

我的題目：「寺外一匹引擎，朝深夜轟隆奔來」。咦，這是什麼意思？

P.S.看官也可嘗試「誤讀」白靈其他詩作，如〈北極〉，興許能與傑克・倫敦（Jack London, 1876-1916）《野性的呼喚》（*The Call of the Wild*）打成一片。我援引歷史資源以進行「誤讀」，至此論白靈三篇皆作「內篇」，而以兼述理論背景的阿茲特克一文為「主篇」，以走筆隨意的匈人、熙德兩文為「副篇」；至於「外篇」，則將另釋白靈的朋友、一位「把光獻給天空的詩人」。事難圓滿，但畢竟希望計畫中的這幾篇能夠脫蕙。

主編（臺北：書林出版有限公司，1998），185。

外篇

卅年喜怒哀樂的長短：
杜十三〈黑與白〉作為耶律大石的遺言

　　杜十三（黃人和，1950-2010）在世時高揚「創意」，倡議各種「敢」的展示，對於詩的「誤讀」，應該也能懷著「悲憫」的心互動互濟，以「智慧」的心融合差異吧[1]。他的〈黑與白〉[2]按原詩副題所示，乃為作家「夜聆小鳳彈琴」，有感而作為文章；至於本篇文字，則因筆者「晝思大石開疆」，起意而生成「誤讀」。

　　我說的「大石」是誰？是西遼（1124-1218）[3]開國皇帝、德宗耶律大石（1087-1143，1132-1143在位），「誤讀」下來，他可被視為〈黑與白〉一詩的敘事主體。另外，詩的受話者「妳」則是大石之妻、感天皇后蕭塔不煙（1143-1150在位）——我們可以想像她正在大石的床邊聽丈夫的遺言。

　　遺言真是短暫生命中的大事。究竟耶律大石在臨終時說了什麼呢？具體語詞，今人自然不得而知。我們知道的是由於兒子耶律夷列（?-1163，1150-1163在位）還很年幼，大石死後的西遼將由蕭塔

---

[1]　白靈，〈把光獻給天空——火焰之子杜十三〉，《聯合報》，2010年11月23日。

[2]　杜十三（黃人和），〈黑與白——夜聆小鳳彈琴有感〉，《新世代詩人精選集》，152-153。

[3]　西遼又稱「西契丹」、「黑契丹」、「哈喇契丹」等，本文對其歷史的敘述除另加注釋者外，均整合自各種二手資料及研究，包括——Michal Biran, *The Empire of the Qara Khitai in Eurasian History: Between China and the Islamic World*（Cambridge; New York: Cambridge UP, 2005）；赤軍，《西遼帝國傳奇》（北京：中國國際廣播出版社，2010）；紀宗安，《西遼史論・耶律大石研究》（烏魯木齊：新疆人民出版社，1996）；魏良弢，《西遼史綱》（北京：人民出版社，1991）；梁園東譯註，《西遼史》，埃米爾・布萊資須納德（Emil Bretschneider）原著（上海：商務印書館，1934）；余大鈞（余大君），〈耶律大石創建西遼帝國過程及紀年新探〉，《遼金史論集》，陳述主編，第1輯（上海：上海古籍出版社，1987），234-252。

不煙接手代管。那麼，大石的告別辭除了緬懷身世之外，應該還包括將政權交托皇后的部分吧。

對於要承擔重責，肩負起西遼這一東起西夏西界、西至鹹海南岸花剌子模、東北至葉尼塞河下游點戛斯地區、西南到阿姆河岸的偌大帝國，即使強悍如蕭后[4]，也會感到畏懼戰兢。她在丈夫床前，定是滿懷心事，又感難於啟齒，耶律大石卻足夠細心，注意到她臉上畫滿的不安，於是開口安慰：

> 妳的問題我都明白
> 儘管妳低著頭
> 不發一語
> 默默的從第二個階上出發

耶律大石說，即使皇后不發一言，他亦已明瞭其心中的疑慮。大石讓蕭后得知，他與她相知於心，她並非全然孤單地應迎難題。在這裡，大石提到的「第二階」兼有兩義：（1）蕭后的人生將踏入另一階段；（2）她會以西遼第二任君主的身分，帶領國家再出發。

由「第二階」，大石自然亦會想到他與皇后建國中亞的辛酸：契丹人本是在東亞建起遼朝（916-1125），迫北宋（960-1127）歲輸金帛，又威懾著眾多草原民族，雄霸東方。但其後女真族的金朝（1115-1234）崛起，約宋攻遼，遼朝局面遂不可收拾。身為遼朝貴族的耶律大石，當時只得率領殘部約兩百人，放棄故土，倉皇向西，通過數年時間在可敦城召集威武、崇德等部，方得重整軍力，休養生息，中途又有在謙謙州敗給點戛斯人、遭高昌王興兵截擊、攻東喀喇汗國鎩羽而歸等波折，歷盡艱辛，才得以穩健地立足中亞。這一由東而西、由遼朝到西遼的轉變，便如同階梯之兩段。

---

[4]　其性情強悍之表現，可參見劉學銚，〈亡而不滅的西遼傳奇〉，《五胡興華——形塑中國歷史的異族》（臺北：知書房出版社，2004），131。

王圻《三才圖會》所收西遼人像

　　前述蕭塔不煙因即將接掌政權而擔憂，耶律大石除說自己清楚
她的疑慮外，更進一步借從前的「顛簸」「坎坷」來勉勵、安撫妻
子。〈黑與白〉中他續說：

> 然而妳所經過的顛顛簸簸
> 坎坎坷坷黑黑白白黑黑……
> 卻都符合我想過的答案

「黑」「白」在這裡分指黑夜和白晝，所謂「黑黑白白黑黑」，套
用香港立法會議員王國興（1949- ）的話，便是「夜以繼日，日以
繼夜」，形容苦楚時間之漫長。全部三行詩的意思是什麼？就是說

以往那些數不盡的「顛簸」「坎坷」，其實蕭后也一直陪伴大石「經過」！大石的潛臺詞是：既然如此，「妳」不是應該相信自己鍛鍊出來的忍辱負重、堅毅不移的領導特質嗎？蕭后早已是耶律大石心目中能夠應對當前難題──維繫西遼國祚──的「答案」！

耶律大石進而說，雖然日後蕭塔不煙主持國事，難免要遇上更多挑戰，再歷「顛簸」與「坎坷」，他卻富於信心，認為皇后能為契丹族政權做出貢獻。〈黑與白〉中，大石接下來的話是：

> 在妳忽近忽遠
> 匆忙來去之間
> 我已驀然發現
> 那捉摸不定的
> 正是我卅年喜怒哀樂的長短

以「忽近忽遠」、「匆忙來去」形容蕭后與自己輾轉東亞、中亞，又在中亞幾番東征西討的活動，真是適合不過。大石在這裡說的，是他早在戎馬倥傯中「發現」蕭后具備過人才能──她的心思機巧、「捉摸不定」，而這些特質無疑將引領西遼在列國環伺下找到生存之道。

值得留意的是，大石在此甚至已經聲言：蕭塔不煙會像自己一樣成功。何以我這樣理解？詩中的「卅年」，乃是指耶律大石1115年進士及第、擢任遼朝翰林應奉，正式展開政治生涯，至逝世時（1143年）將近有三十載光陰。大石說在蕭后身上看見自己「卅年喜怒哀樂的長短」，就是說已從蕭后的身上看到自己政治表現的疊影──雖然失敗和勝利如「短」「長」相追，在混雜的「喜怒哀樂」情感中，大石還是給契丹人建起了嶄新的國度，而「妳」（蕭后），肯定亦能使傳奇延續。耶律大石以此勸勉蕭后，誠可謂殷殷切切。

談到「卅年喜怒哀樂的長短」，躺臥床上的皇帝也不禁憶述起奔波半生的種種片段，並以倒敘的口吻呢喃時光的迴廊：

　　白色的在笑
　　黑色的在哭
　　左邊的醒過來
　　右邊的睡過去

這次的「白」、「黑」乃指膚色而言：「白色」代表基督教歐洲諸國之人，彼等在聽聞西遼擊潰塞爾柱突厥大軍的消息後，興奮地認為大石便是祭司王約翰（Prester John），是向耶穌基督（Jesus Christ）獻禮的東方博士的後裔，是捍衛正確信仰、興兵討伐異教徒的偉大君主，一時歡「笑」不絕，視為天祐。

　　另一邊廂，「黑色」代表屬民皮膚較深色的中亞列強，彼等在耶律大石的兵刃下「哭」聲不絕。時間回溯，大石在1137年的忽氈戰役大破西喀喇汗國，1141年塞爾柱蘇丹桑賈爾（Ahmad Sanjar, 1085-1157, 1118-1153在位）率領聯軍十萬，與大石會戰於卡特萬，竟也被殺得一敗塗地，伏屍數十里，以致其勢力被迫退出錫爾河及阿姆河。同年，大石命將攻打花剌子模，旋令該國國主阿即思（Atsiz, 1097或1105-1156, 1127-1156在位）臣服。日後繼承阿即思的阿爾斯蘭（Il-Arslan, ?-1172, 1156-1172在位）臨終時，仍不忘告誡兒子別跟西遼作對[5]。「黑色的在哭」，正反映耶律大石的戰果赫赫，值得其自豪。

　　追憶尚未結束。再往前一點，大石的西遼在中亞建國，這是「左邊的醒過來」，令人欣慰；可是遼朝滅亡，「右邊的睡過去」，契丹族的根、曾經稱雄的東方始終淪於金人之手。憶念及

[5]　志費尼（Ata-Malik Juvayni），《世界征服者史》（*The History of the World Conqueror*），何高濟譯，翁獨健校訂，上冊（呼和浩特：內蒙古人民出版社，1980），418-419。

此，耶律大石許是相當心痛——1135年，他曾命將出征，以七萬騎回師東亞，奈何成果不彰。耶律大石在遺言中緬懷故土，既可看成是一種對「卅年喜怒哀樂的長短」中「怒」、「哀」、「短」的呼應，另外也應該有請蕭后留意東方之意。

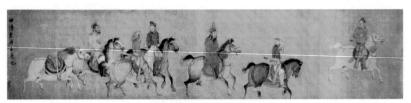

耶律培《東丹王出行圖》

從過往的得失之中，大石也嘗試總結出為國的一番道理，用以提醒蕭后：西遼立國於四戰之地，必須妥善與金國、塞爾柱、花剌子模等周旋，而且西遼屬民來自多個民族，彼此信奉各種宗教，如佛教、景教、猶太教、摩尼教、薩滿教與伊斯蘭教等，治理時實得兼顧各種條件。是以對內對外，西遼的統治者皆需極具靈活性，懂得隨機而變[6]。〈黑與白〉中耶律大石說：

> 所謂的共鳴
> 是在黑白糾纏不清

---

[6] 劉學銚（1939-）曾稱許耶律大石管治多民族國家之能：「在這龐大的疆域之中，聚居著許多不同的民族，其中以突厥系、回鶻系民族占絕對多數，契丹人、漢人、蒙古人雖然居於統治地位，但人數卻不多，此外另有許多其他少數民族，而且各民族又有不同的宗教信仰、語言文字跟傳統文化習俗，可以說是相當複雜，耶律大石憑他過人的政治智慧跟靈活的手腕，處理得相當好。」見劉學銚，〈興滅國、繼絕世的耶律大石〉，《五胡興華》，159。較詳細地闡釋相似論點的研究文章，可參考趙榮織，〈淺談耶律大石的歷史功績和西遼的歷史地位〉，《烏魯木齊職業大學學報》8.2（1999）：24-25；李錫厚，〈論西遼的政治制度〉，《中國社會科學院研究生院學報》4（1989）：79-80。

左右混淆難分的時候

「共鳴」雖可解作心靈上的共同反應，在這裡則應認作音波影響下
的自然發音現象，借喻為「回應」。質言之，耶律大石不忘叮囑蕭
后因「時（候）」制宜，在「黑白糾纏不清」、「左右混淆難分」
的情況裡做出適當的回應。

　　耶律大石接著說：

　　這是我們所曾經共同擁有的經驗——

其中「共同擁有的經驗」兼指蕭后和自己同歷「顛簸」「坎坷」以
及大石剛剛交代的為國之道，整行的意思是：既然「妳」都清楚自
己的能力足夠，都懂得「我」講的治國道理，「妳」就按著自己的
意思辦吧，不必再為接掌大柄的事而憂懼了。這或許是大石自覺叮
嚀的話已太多，雖然意有未盡，但以後的，就留給蕭后靜靜思索、
妥善執行。

　　破折號既可表現大石意有未盡的語調，亦具有使話題轉折的作
用——「說之以理」已畢，像許多遺言結尾「動之以情」的部分一
樣，耶律大石道出了對蕭后最後的關顧：

　　在白色的白天
　　或者
　　黑色的黑夜

「白天」代表生，「黑夜」代表死。聯繫之前一行，耶律大石的意
思實為：「我們」是有著同樣經歷的「共同」體，生前「我」蔭庇
著「妳」；「我」死後，也必繼續守護「妳」。這是對蕭后的家人
語，但若放在帝王的、家國的層面看，或許亦不難使人聯想到某些

偉大君主會在國家危難時重新活過來的傳說，〈黑與白〉給耶律大石波瀾壯闊的生命史詩拉下了富傳奇性的帷幕。

嘗試將杜十三整首〈黑與白〉「誤讀」成耶律大石給蕭塔不煙的遺言，並將詩文之內涵譯成不具華采的短章，或許會是以下這個樣子：

> 要踏入人生的另一階段，妳的擔心我當然都懂。
> 可妳與我歷練半生，難道還不信任自己的實力麼？
> 妳的機智聰明，定當贏回與我同等的成功。
> 卅年過去，我揚名西方，畏服中亞，建樹帝國，只惜故土沉淪。
> 治國要道，在乎隨機應變。
> 這些妳都懂得——生前、死後，我必護佑著妳。

如果詩人杜十三健在，我應該向他請教，帶著酒壺。我說他或許陌生的西遼舊史，他談我興致無盡的「詩的聲光」。我提議不如拿這個「誤讀」的版本寫一幕短劇演出，並開始構思佈景、服飾……自作多情地，我還想辦一場杜十三的紀念研討會，作「十三注疏」，在他逝世後的一千零一夜。

雜
篇

靈肉結合，以及大地震：
當伏爾泰遇上白靈、陳黎

　　我喜歡讀法國敘事作品，《瑪儂情史》（*Manon Lescaut*）的一往情深，《舞姬黛依絲》（*Thaïs*）的靈肉碰撞，《基度山恩仇記》（*The Count of Monte Cristo*）的非凡智略，《悲慘世界》（*Les Misérables*）的人格，《小王子》（*The Little Prince*）的哲理，都曾給我許多深層次的觸動，而《魔沼》（*The Devil's Pool*）、《異鄉人》（*The Stranger*）、《巴黎聖母院》（*The Hunchback of Notre-Dame*）、《苦兒流浪記》（*Sans Famille*）諸作，也給我不少撰寫研究文章的靈感。

　　最近讀了伏爾泰（Voltaire, 1694-1778）的中短篇小說〈憨第德〉（"Candide"）、〈沙地克〉（"Zadig"）、〈麥克羅梅嘉斯〉（"Micromégas"）和〈一個好婆羅門的故事〉（"The Story of a Good Brahman"），直觀的感覺是，它們都蘊含著頗多與《老》、《莊》、《列》等道家經典相合的想法，若有人細加探討，想必能在學者已普遍認同〈沙地克〉曾參照「莊子休妻」的基礎上，取得更全面深入的研治成果。

　　事實上，我喜歡〈憨第德〉、〈沙地克〉二作到了極點，幾乎想親自操刀上述的研究。然而，「誤讀」的渴望或責任還是勝利了，只因我在中譯本的〈麥克羅梅嘉斯〉讀到很隨意的一段話：

　　　「我的靈魂，」萊布尼茲派的學者道，「是時鐘的指針，我
　　　的肉體則滴答作響；或者，如果你願意那麼想的話，滴答的

是我的靈魂，而肉體是指針；再或者，我的靈魂是宇宙的鏡子，我的肉體是鏡筐。這明白得很。」[1]

哥特佛萊德・威廉・萊布尼茲（Gottfried Wilhelm Leibniz, 1646-1716）哲學的一項重要觀念為「物質與靈魂的統一」[2]，其〈單子論〉（"Monadology"）提出，靈魂與軀體「藉助在一切實體當中預先規定的和諧而相遇相合」，共同構成「一個世界」[3]；靈魂藏於軀體之內，無法「分離開來」，其交疊「連續不斷以至無限」[4]。所以，萊布尼茲說，除了上帝之外，「絕不會有沒有軀體的、完全自在的靈魂或者天才」[5]。

　　與〈麥克羅梅嘉斯〉的萊布尼茲派學者相似，〈單子論〉在進行闡釋時也用上了鏡子之喻，該作第63節稱單子以自己的方式成為世界的一面「鏡子」，第77節則稱靈魂為不可摧毀的世界的「鏡子」──伏爾泰在其後出的小說中讓萊布尼茲派學者提及「靈魂是宇宙的鏡子」、「肉體是鏡筐」，相信是有所本的。

　　那麼以指針喻靈魂與肉體呢？經查證，萊布尼茲〈新系統說明（三）〉（"The Third Explanation of the New System"）曾以完全同步的兩個時鐘作譬，解說靈魂和形體如何在上帝的計畫中「一致」或「交感」[6]。然而，由於在中譯本〈麥克羅梅嘉斯〉裡，那學者談到「肉體則滴答作響」和「滴答的是我的靈魂」，我乃首先想到了

---

[1]　伏爾泰（Voltaire），〈麥克羅梅嘉斯〉（"Micromégas"），《憨第德》，孟祥森譯（臺北：錦繡出版事業股份有限公司，1999），223。

[2]　弗里德里希・希爾（Friedrich Heer），《歐洲思想史》（The Intellectual History of Europe），趙復三譯（香港：中文大學出版社，2003），539。

[3]　哥特佛萊德・威廉・萊布尼茲（Gottfried Wilhelm Leibniz），〈單子論〉（"Monadology"），《神義論》（Theodicy），朱雁冰譯（北京：三聯書店，2007），497。本文注腳所引萊布尼茲論著，作者名原皆異譯為「萊布尼茨」。

[4]　萊布尼茲，〈單子論〉，494。

[5]　萊布尼茲，〈單子論〉，496。

[6]　萊布尼茲，〈新系統說明（三）〉（"The Third Explanation of the New System"），《新系統及其說明》（New System of Nature），陳修齋譯（北京：商務印書館，1999），55-56。

白靈的「五行詩」〈鐘擺〉：

> 左滴右答，多麼狹小啊這時間的夾角
> 游入是生，游出是死
> 滴，精神才黎明，答，肉體已黃昏
> 滴是過去，答是未來
> 滴答的隙縫無數個現在排隊正穿越[7]

碰巧地，這首詩是以「精神」、「肉體」為指針的「滴」、「答」，其所書雖為老驥伏櫪、痛惜時不我與的心情，跟萊布尼茲或伏爾泰似無干涉，卻還是自〈麥克羅梅嘉斯〉的閱讀中被召喚了出來。詹姆斯·里澤（James Risser, 1946- ）的詮釋學理念在此再次得到了印證——「自身封閉」的標籤已不復適用於文本之上，相反，文本實為放滿語言鏡子的大廳，語言鏡子的互相映照、無窮投射，使得解讀的開放、意義的多元成為必然[8]。白靈是否曾受伏爾泰小說中譯本的影響，這點可交「誤讀」者自行判斷[9]，但若橫跨詩與科學的白靈真參考過超級通才萊布尼茲的話，〈鐘擺〉主人公的憂惶心理則顯然有異於萊氏揭櫫的「樂觀主義」，兩者存著甚為豐富的比照空間。關於萊氏的「樂觀主義」，以下將重點談及。

伏爾泰在〈麥克羅梅嘉斯〉借角色之口表達萊布尼茲的哲學觀點，並非由於他贊同萊氏；恰好相反，他是想嘲諷這一派的意見。萊布尼茲聲言有兩種單子，一種是必須的「中心單子」，即永恆的真理，另一種是偶有的「普通單子」，即日常的事實，而前者把複數的後者都聯繫起來，乃構成有秩序的宇宙萬物，此之

---

[7] 白靈，《白靈短詩選》，24。

[8] James Risser, "Reading the Text," *Gadamer and Hermeneutics*, ed. Hugh J. Silverman（New York: Routledge, 1991）, 93.

[9] 因為按茱莉亞·克莉斯蒂娃（Julia Kristeva, 1941- ）的說法，一個文本吸納、轉化了其他文本，有時連作者也不一定意識得到。見Kristeva, 66。

謂「預定和諧」[10]。由此順推，所有事物既然都由「中心單子」連結，觸目可見之「惡」其實也應正面視之——以比喻來說，世界就如一幅畫，「惡」許是其上的陰影部分，但它對畫作的整體之美也有貢獻。詩人亞歷山大‧蒲柏（Alexander Pope, 1688-1744）在其〈人論〉（"Essay on Man"）一作亦道出相同觀點：凡存在的，一切皆善[11]。

伏爾泰全盤否定萊布尼茲和蒲柏的這種「樂觀主義」。1755年11月1日，里斯本發生巨大地震，城內人士死傷慘重，接續的火災和海嘯更使這個葡萄牙首都幾乎全毀。但是，天主教會純然視大地震為對驕奢淫靡的里斯本人的合理降罰，若用萊布尼茲的觀點解釋，則凡事皆好，這場天災亦屬必要之「惡」，人們盡可淡然處之，兩者共同壓制著對上帝至善的懷疑。伏爾泰卻不敢苟同，當時即寫詩批評有關論調，痛斥教會「天譴論」的荒謬[12]及萊布尼茲「樂觀主義」的無力[13]。兩年後，伏爾泰更寫出平生最重要的哲理小說〈憨第德〉，並專門設計潘格羅斯（Pangloss）一角，用以嘲笑萊布尼茲應對眾「惡」的見解。

在該篇小說的尾聲，男主角憨第德（Candide）目睹、耳聞、親嚐世間諸種「惡」之後，他和已變得相當貌醜的妻子克妮岡蒂

---

[10] 鄔昆如編著，《西洋哲學史》（臺北：編譯館，1971），386-387。
[11] 約翰‧葛雷（John Gray），《伏爾泰》（Voltaire: Voltaire and Enlightenment），黃希哲譯（臺北：麥田出版，2000），71-72。
[12] 伏爾泰指出當時倫敦、巴黎等城市有著比里斯本更為嚴重的道德虧缺，卻依舊夜夜笙歌；另外，讓無辜的嬰兒一同被禍、善惡不分的「天譴」，也讓他感到難以置信之極。伏爾泰對里斯本大地震的關注，可參閱Will and Ariel Durant, The Age of Voltaire: A History of Civilization in Western Europe from 1715 to 1756, with Special Emphasis on the Conflict between Religion and Philosophy（New York: Simon and Schuster, 1965）；陳正國，〈英國思想界對里斯本大地震（1755）的回應〉，《臺大文史哲學報》76（2012）：276-279。
[13] 參考伏爾泰後出的《哲學辭典》（Philosophical Dictionary），伏氏實認為：「這個『一切皆善』的學說只能把整個自然的創造者表象成一個強暴不仁的國王，只要能實現他的企圖，不惜犧牲四五十萬人的生命，並使其他的人也都在飢荒和淚水中苦度歲月。」伏爾泰，《哲學辭典》（Philosophical Dictionary），王燕生譯，上冊（北京：商務印書館，1991），242。

1755年里斯本大地震
João Glama Strobërle, *Allegory to the 1755 Earthquake*, ca.1755

（Cunégonde）、哲學家潘格羅斯等人老老實實地開墾了一小塊田
地，並吃自己親手種的。這批耕作的人，有人「被黑人海盜強暴一
百次，屁股割掉一半」，有人「被保加利亞軍隊夾道拍打」，有人
「在火刑祭上受鞭笞，被吊，被解剖，在奴隸船上划槳」[14]，歷盡
苦楚，但潘格羅斯仍不時談起他「樂觀主義」的一套：

　　——在這一切世界中最好的世界裡，一切事情都連結起
　　來；因為，畢竟，如果你不是為了愛克妮岡蒂小姐而被踢出
　　那好城堡，如果你沒有被送到宗教法庭，如果你沒有徒步越
　　過美洲，如果你沒有給了男爵好好一劍，如果你沒有把那好
　　地方艾德拉德的綿羊統統丟了，你就不會坐在這裡吃加了糖

---

[14]　伏爾泰，〈憨第德〉（"Candide"），《憨第德》，118。

的香橼和阿月渾子了。

　　——說得好，憨第德說，但我們必耕種我們的園子。[15]

　　讀者從憨第德的回答中可以察知，這位曾是潘格羅斯忠誠弟子的老實人，在體認各種不幸與黑暗之後，也已無法贊同「一切皆善」的空談了——「樂觀主義」絲毫沒有改善人的處境，人們唯有靠自己辛勤工作，才能遠離厭倦、邪惡與貧窮，故「我們必耕種我們的園子」，捨棄荒謬而不起作用的玄思，或謊言[16]。

　　伏爾泰〈憨第德〉的這一結尾，後來我在陳黎（陳膺文，1954- ）〈小宇宙II——現代俳句一百首〉之72中找到呼應：

　　　因為神缺席，人發明神話
　　　因為死比生面積大，所以鬼話連篇
　　　請說一句人話——「幹！」[17]

　　由於神在天災人禍中默然無語，並未發聲，出現「缺席」，為了解釋世間之「惡」，人們只好自製「神話」——確實，萊布尼茲對單子的假說，原先就旨在建構其「神義論」，為容受人世之「惡」尋索理性基礎，與基督宗教的護教者殊途同歸。讓—雅克・盧梭（Jean-Jacques Rousseau, 1712-1778）在回應里斯本大地震一事上與萊布尼茲的跟隨者立場一致，他曾發信批評伏爾泰，稱神恩是普遍的，而受災者則是個別的，甚至提出既然靈魂不朽，數十年的生命實則無足輕重，而神將之取走，由於「一切皆好」，背後可能有保

---

[15] 伏爾泰，〈憨第德〉，122。
[16] 戴旭東，〈伏爾泰在《憨第德》一書中的人道主義〉，碩士論文，中國文化大學外國語文學院法國語文學系，2013，76。
[17] 陳黎（陳膺文），《陳黎跨世紀詩選》（新北：INK印刻文學生活雜誌出版有限公司，2014），363。

存整個宇宙的計畫和意義在[18]——可見萊布尼茲的「樂觀主義」能借「死比生面積大」、永生比現世長為基礎，催生出「連篇」奇論。這種離地的玄談，並非「人話」，「人話」應該簡單直接，就是一句「幹！」留意這並非髒話，而是「做！」的意思，呼應憨第德最後的結論：「我們必耕種我們的園子」，提倡撇捨歪理，腳踏實地，藉勞動換取成果。

再換一個角度，伏爾泰素有對基督宗教的尖刻攻訐，如其所著《哲學辭典》（*Philosophical Dictionary*）即闢有專章，闡述該教歷史文獻之不可靠[19]，伏氏文章甚至有時給人「語氣千篇一律都是對基督教的嘲諷」[20]的印象。作為啟蒙時代的標誌性人物，伏爾泰向來視打擊基督宗教為要務，認為現代社會必然是世俗的，無法與教會權力或奠基於基督教義的神祕訴求兼容並包，但他又反對無神學說，深知一旦宗教消失，人們未必能夠自我制約[21]，於是在「即使上帝不存在，也要創造一個」的使命感中，「發明一個現代人的宗教」成了伏爾泰一生至關重要的工作[22]——他雖抱著對大眾能否接受自然神論的巨大疑惑，但仍努力進行自然神論的教育[23]。以此觀之，陳黎詩中的「因為神缺席，人發明神話」，以及迎難而上的「幹！」其實都適用於描述伏爾泰的事工。

「所以鬼話連篇」，這句就留給我吧。

---

[18] Jean-Jacques Rousseau, "Letter from J. J. Rousseau to M. de Voltaire," *The Discourses and Other Early Political Writings*, ed. Victor Gourevitch (Cambridge: Cambridge UP, 1997), 242. 中譯參考陳正國，279。

[19] 伏爾泰，《哲學辭典》，上冊，331-355。

[20] 葛雷，30-31。

[21] 葛雷，81；趙敦華編著，《西方哲學簡史》（臺北：五南圖書出版有限公司，2002），375。

[22] 趙敦華，375；葛雷，82。

[23] 葛雷，94-95。

P.S.香港歇後語:「伏爾泰細佬——伏已中」,「伏已中」即墜進
陷阱。為此文時,風聞白靈老師手機帳號被盜,不少文友都收
到借錢短信,幸好,暫未聽聞有人「伏已中」。這篇篇名,襲
用自中文國際頻道(CCTV4)節目《文化之旅》的其中一期:
〈如果白居易遇見伏爾泰〉,主講人為漢學家包華石(Martin J.
Powers)。

月光推門，滿地竹影忽古忽新：
白靈「五行詩」與弗拉德三世或德古拉

　　「穿刺公」弗拉德三世（Vlad III the Impaler, 1431-1476）不但是羅馬尼亞史上的重要領袖，也是最著名的吸血鬼——德古拉伯爵（Count Dracula）的原型。白靈有將近十首「五行詩」與這位傳奇的歷史人物有關，但詩人本身似乎並不知道。

　　弗拉德雖是瓦拉幾亞統治者之子，但在1444年時，才十多歲的他就被送到土耳其鄂圖曼帝國當人質去，三年後父親及兄長均被暗殺，他才由蓋利博盧半島返回，繼任為瓦拉幾亞之主。可是，不到兩個月，弗拉德三世就被匈牙利的攝政王擊潰，倉皇逃奔摩爾達維亞，留居當地，直至1451年摩爾達維亞君主遭人殺害，弗拉德才遷往特蘭西瓦尼亞，並在1456年輾轉回歸瓦拉幾亞，再次掌握權力。白靈以「魚」代表年輕時的弗拉德，寫道：

> 魚是水想轉動的眼睛吧
> 一條魚像一顆　星　游　來
> 從不在同一位置停留
> 運動的魚群即
> 運轉的星系了[1]

白靈形容弗拉德早年頻頻遷徙，無法在一地長久居留，斗轉星移，

---

[1]　白靈，〈水因魚而自由〉，131。

就這樣與追隨者耗費了十數年的光陰。「一條魚像一顆　星　游來」的定距間隔，正好和弗拉德離開土耳其後，「摩爾達維亞─特蘭西瓦尼亞─瓦拉幾亞」平均四年一次的異動經歷相合。

弗拉德三世重掌瓦拉幾亞時，東方土耳其侵略者對羅馬尼亞的壓力正達到新的頂點。鄂圖曼帝國的蘇丹是「征服者」穆罕默德（Mehmed the Conqueror, 1432-1481, 1444-1446, 1451-1481在位），他在統治期間，曾經二十六次率軍征討，尚武好勇，而1453年他帶兵攻陷君士坦丁堡、滅掉東羅馬帝國，1459年併吞塞爾維亞，都使羅馬尼亞更形孤立，完全暴露在土其耳的軍事威脅中。白靈在詩裡如此描摹這位穆斯林君主：

> 愛的回收太慢，恨最痛快
> 正義佝僂的世界，槍把子可以扶正
> 倒入血泊的頭顱，比美於
> 滾入大海的落日。阿拉阿拉
> 他把伊拉克餵入巨炮，向天空聲聲嘶喊[2]

相比於懷柔的「愛」，穆罕默德更喜歡痛快的「恨」，以高壓手段解決問題——在虔信伊斯蘭教、崇敬阿拉（Allah）的他眼裡[3]，當時的世界道德淪亡，「正義佝僂」，不得伸張，唯有用「槍把子」，用武力才能維持正義。故此，「炮」聲不絕[4]，穆罕默德聽著似對高天禱告；頭顱擲處血斑斑，則美得如同「落日」。特別的

2　白靈，〈獨夫──海珊〉，《五行詩及其手稿》，96。
3　蘇丹穆罕默德「開始接受教育和養成習性，就是要成為一個虔誠的穆斯林。只要他與一個不信真主的人接觸，就要舉行合法的齋戒儀式來淨化他的雙手和面孔」；在公眾場合，他始終對《古蘭經》（Quran）的教義和戒律保持尊敬，並積極建立清真寺。見吉朋，第6卷（臺北：聯經出版事業股份有限公司，2006），381。
4　蘇丹穆罕默德之在戰爭中大量使用「巨炮」，可參考杰森·古德溫（Jason Goodwin），《奧斯曼帝國閒史》（Lords of the Horizons: A History of the Ottoman Empire），羅蕾、周曉東、郭金譯（南京：江蘇人民出版社，2010），31。

是，穆罕默德在近東壓制「伊拉克」白羊王朝的事跡，早就已傳遍西鄰羅馬尼亞，且為弗拉德三世所知。

然而，弗拉德卻主動挑戰巨人，當他自信在瓦拉幾亞地位穩固了，便在1459年果敢地拒絕給鄂圖曼帝國繳付貢金，公開羞辱穆罕默德蘇丹。穆罕默德於是設下誘捕圈套，不料弗拉德識破其計，還在1462年奪下久爾久，南渡多瑙河，對右岸自河口至濟姆尼恰地區實行清野，殺死二萬多名土耳其人，獲得無數戰利品[5]。白靈的詩這樣寫道：

> 廣闊無窮的風
> 只因一面旗，奔騰的旗
> 從絕望中甦醒
>
> 圍一尊神般
> 風圍著旗，歡叫，嘶喊……[6]

弗拉德如風一般的敏捷行動挫敗了土耳其軍，令惶惶不可終日的羅馬尼亞人「從絕望中甦醒」，繼而圍聚在這位勇將的旗下，視他如神明一般，共同為勝利而歡呼、吶喊。弗拉德，寫下了人生輝煌的一頁，迎向奔騰的歲月。

穆罕默德蘇丹當然不會善罷甘休，他立即調動兵馬，親自指揮二十萬大軍襲向弗拉德的領地。眼看弗拉德的聲名即將被鋪天蓋地的旌旗遮蔽，瓦拉幾亞的保衛者卻靠著持續騷擾，打垮了土耳其的先鋒部隊，並一鼓作氣，勇敢地進擊蘇丹本陣，於1462年6月16日

---

[5] 米隆‧康斯坦丁內斯庫（Miron Constantinescu）等主編，《羅馬尼亞通史簡編》（*History of Romania*），陸象淦、王敏生譯，徐文德校，上冊（北京：商務印書館，1976），273。

[6] 白靈，〈甦醒〉，147。

發動夜襲，使驚恐萬狀的鄂圖曼軍自相殘殺，損失無數。白靈的詩筆，則是捕捉了蘇丹撤退的一幕：

> 巨樹以它高聳的尖，頂住天空
> 樹身開始旋轉
> 活似一把捻不熄的火炬
> 鳥獸都閉起眼睛，畏懼這恐怖的陰影
> 著火的雲兒一塊塊掉下來，呼痛地掉下[7]

原來弗拉德用木樁把俘獲的土耳其人從肛門至嘴巴刺成肉串，再把戰俘的身體連木樁豎立起來，在荒野架成「尖樁林」[8]——樹樁尖鋒高聳，直插雲天，土耳其人在上面扭曲旋轉，似被「捻不熄的火炬」灼燒煎熬，連路過的飛鳥走獸都被「這恐怖的陰影」嚇倒，「閉起眼睛」，不敢觀看；天空染滿血色，雲朵也彷彿「著火」，曾經在沙場上活躍的戰士英姿難再，只淪為「一塊塊」的腐肉，殞落——這陰森可怕的景象使「征服者」穆罕默德亦心驚膽裂，不得不垂頭喪氣地離開[9]。弗拉德被稱為「穿刺公」，便是源於此事[10]。

勇挫蘇丹，守住國土，弗拉德的榮耀卻沒有延續很久，落泊的日子又如影隨形地追來。土耳其人的軍隊在羅馬尼亞扶植弗拉德之弟——「美男公」拉杜（Radu III the Handsome, 1437或1439-

---

[7] 白靈，〈樹火——梵谷的「系杉樹」〉，《五行詩及其手稿》，194。
[8] Raymond T. McNally and Radu Florescu, *In Search of Dracula: A True History of Dracula and Vampire Legends*（New York: Warner Books Inc., 1972），102；森瀬繚（Leou Molice）、静川龍宗（SHIZUKAWA Tasso）編著，《圖解吸血鬼》，王書銘譯（臺北：奇幻基地出版，2010），46。
[9] 康斯坦丁內斯庫等，273-74。
[10] 弗拉德三世並非唯一以「穿刺」之刑懲罰敵人的君主，但卻「獨享大名」，很可能是由於撒克遜商人的渲染。見Călin Hentea, *Brief Romanian Military History*, trans. Cristina Bordianu（Lanham, Maryland: Scarecrow Press, Inc., 2007），57-58。

1475）為新君，試圖動搖「穿刺公」的統治。白靈的詩以比喻形式記述云：

> 蝴蝶站在一朵花上
> 待會兒就不在了
> 一俯一仰，忽西忽東
> 花朵看不慣
> 猛地闔上花瓣[11]

「蝴蝶」是弗拉德，「花」是瓦拉幾亞，與第一次掌權僅得兩月相似，弗拉德第二次統治瓦拉幾亞也只有短短的六年時光，「待會兒就不在了」。原來，「穿刺公」在位期間曾大事更革，「一俯一仰，忽西忽東」，既不惜使用流血手段來打擊懷有割據傾向的地主群，又以嚴厲強硬的風格管治普眾百姓，難捉摸，難親近，以致國人不分階級富貧，都逐漸與之疏離。當拉杜領著土耳其軍隊攻來時，擁有武裝部隊、「看不慣」弗拉德的地主們即紛紛易幟，其他群眾亦「猛地闔上花瓣」，不積極支持弗拉德，失勢的「穿刺公」唯有帶著一支小部隊匆匆逃往特蘭西瓦尼亞去[12]。

選擇特蘭西瓦尼亞，是因為弗拉德對匈牙利國王馬加什一世（Matthias I, 1443-1490, 1458-1490在位）抱有期望，殊不知，匈牙利國王已經轉向支持拉杜，一些撒克遜商人又偽造了弗拉德答允土耳其蘇丹共同對抗匈牙利的信件，致使馬加什對這位瓦拉幾亞的不速之客疑心陡增。馬加什的心理活動，由白靈的詩娓娓道出：

> 無人看得清地潛藏的慾望
> 一朵黑雲忽淺，忽深，在草原上方

---

[11] 白靈，〈蝶〉，《五行詩及其手稿》，134。
[12] 康斯坦丁內斯庫等，272、274。

詭譎如黑色的潛艇，巡航於天空
　　何故我竟成了灰兔？沒命地追逐
　　牠那襲──滿地飄忽的投影[13]

馬加什視弗拉德為一個野心家，「詭譎」如潛行水下的船艇，無人
能看清他「潛藏的慾望」──他明明是被土耳其人所迫，才從瓦拉
幾亞來到特蘭西瓦尼亞，但信文裡又找到他與鄂圖曼帝國合謀的證
據，「滿地飄忽的投影」，叫人猜不透摸不清。弗拉德的到來，令
匈牙利大草原籠罩著「忽淺，忽深」的「黑雲」，一道政治的陰
影「航巡於天空」，使馬加什一世徒添疑慮。馬加什最穩妥的做
法，便是拒絕作「沒命地追逐」、猜測弗拉德心念的「灰兔」，
先下手為強，防患於未然，逮捕「穿刺公」，把他軟禁起來──
整整十四年[14]。
　　在匈牙利，弗拉德慢慢贏回馬加什一世的信任，後來更與國王
的表妹結婚，最終獲支持重返瓦拉幾亞掌權。第三次成為瓦拉幾亞
之主，弗拉德縱然仍有鴻圖，卻已經徹底失去民心──原來弗拉德
在匈牙利改信了天主教，這點和瓦拉幾亞東正教國民的期待明顯有
差。另外，鄂圖曼帝國對羅馬尼亞的威脅從未消除，「穿刺公」走
馬歸國，其實是再一次來到戰場前線，危險萬狀，叫人無法心安。
白靈詩裡說：

　　莫名的安靜　　其實莫名的不安
　　可以沒有波浪　　就不是海
　　若能回到原處　　即非魚
　　有皺紋全因為鏡子

---

[13] 白靈，〈黑鷹〉，《五行詩及其手稿》，57。
[14] Stefan Andreescu and Raymond T. McNally, "Exactly Where was Dracula Captured in 1462?," *East European Quarterly* 23.3（1989）：275-276；Hentea, 57；康斯坦丁內斯庫等，274。

會變老都從莫名的感動開始[15]

弗拉德不再被囚，好像能重過「安靜」、免於恐懼的生活，但其實瓦拉幾亞危機四伏，更使人有「莫名的不安」；這兒是四戰之地，「沒有波浪　就不是海」，鄂圖曼的軍隊隨時湧來；弗拉德是「回到原處」了，卻不再是年輕時的「魚」，那麼活潑，那麼鬥志昂揚；因「莫名的感動」而在匈牙利娶妻、改宗天主教後，他就「變老」，有了「皺紋」，有了老態，已不能在戰場上自如指揮那些東正教的士兵了。結果，1476年，在一場與土耳其人的戰爭中，弗拉德三世陣亡，其塵世的血肉生命黯然落下帷幕。

　　我們的敘述卻還沒有來到尾聲——由於人們對歷史的健忘，「穿刺公」在全球建立起「不朽」名聲，竟然與他抗衡鄂圖曼帝國、統治瓦拉幾亞的事跡不太有關。他之「不朽」，乃由於作為吸血鬼德古拉伯爵的原型，藉文學藝術而把名字流傳了下來。布拉姆・斯托克（Bram Stoker, 1847-1912）的小說《吸血鬼德古拉》（Dracula）發其軔，電影《吸血鬼》（Dracula）、《德古拉歸來》（The Return of Dracula）、《吸血鬼：真愛不死》（Bram Stoker's Dracula）、《德古拉：永咒傳奇》（Dracula Untold）等承其緒，餘波不息。白靈兩首「鬼氣」滿滿的詩，也是對吸血鬼德古拉傳奇的詩化演繹：

> 鬼屬水，夜下的水偏偏朦朧嫵媚
> 一朵浪花伸出一隻森白的手
> 船上，幾十雙腿，之下，幾萬隻鬼
> 該把誰拉下？誰換上？眾鬼啾啾爭論
> 蹦——地跳出水面，唯明月一輪[16]

---

[15] 白靈，〈女人〉，《五行詩及其手稿》，36。
[16] 白靈，〈鬼月〉，《五行詩及其手稿》，138。

竹林在狂風中甩著滿頭亂髮

幽靈踢起落葉尋找自己的腳印

整座山只有窗臺上那根紅蠟燭

眨也不眨眼，驚訝於黑暗中

玻璃窗上一個亮麗、惹火的身影[17]

詩中吸血鬼在「夜」，在燭照微弱的「黑暗」之時，在「明月一輪」的映襯之下，現身，出沒在「玻璃窗」外，神祕而可怖，除符合吸血鬼「不能在日間活動，會與其他同死者同眠於棺柩之中，直到入夜才爬出墳外」[18]的形象之餘，更是奪胎換骨自斯托克小說的描寫：「我躡手躡腳地走到窗前……外面是滿月，我可以知道這種聲音來自於一隻正在盤旋的大蝙蝠——很明顯它是被燈光吸引過來的，雖然燈光很暗——它正不時地用翅膀拍打著窗戶。」[19]白靈從化工教授退休了，德古拉仍時時上夜班，在月下窗前驚擾脆弱的眾生。要特別注意的是，「竹林在狂風中甩著滿頭亂髮」，那「亂髮」不是屬於德古拉的。按Bamboo、Bamboo Club、Club Bamboo是現在羅馬尼亞非常有名的三家夜店，亂甩頭髮的乃是來此光顧的舞客——白靈寫「竹林」，說的是德古拉仍潛伏在羅馬尼亞，隨時準備「伸出一隻森白的手」，看看「該把誰拉下」[20]——白靈不探夜店，卻有此「鬼」來之筆！

　　吸血鬼不死，卻是寂寞[21]，而弗拉德三世的孤獨更在於不被世

---

18 森瀨繚、靜川龍宗，12。

19 布拉姆・斯托克（Bram Stoker），《德拉庫拉》（Dracula），冷杉、姜莉莉譯（南京：譯林出版社，2007），160。

20 白靈詩寫「森白的手」，對應吸血鬼「皮膚蒼白有如死屍」的形象；以夜店為背景，可能也與吸血鬼「有種淫魔般的力量、能迷惑他人而無男女老幼之分」這一略帶色情意味的想像有關。參考森瀨繚、靜川龍宗，12。

21 搜奇研究中心編著，《寫給青少年看的吸血鬼故事》（臺北：知青頻道出版有限公

人所了解。由於「穿刺公」的名號和德古拉傳說的渲染，後世常強調弗拉德的殘暴，視之為邪惡的化身，卻忽略「他像民族英雄一樣……能將他的土地從土耳其人殘忍的侵略中解救出來」[22]。白靈的詩，即寫出了人們對弗拉德直觀的負面印象：

> 孤獨是難以豢養的
> 搜刮來整座城，也餵牠不飽
> 你垂淚，跪求，牠的腰仍自你指間滑走
> 你轉身欲飛，牠偏偏又來影子你
>
> 輾轉不休，像終究難以馴服的情人[23]

　　人們認為弗拉德貪婪，懷藏著莫大的政治、領土野心，「搜刮來整座城，也餵牠不飽」；而當這位瓦拉幾亞的君主化為吸血鬼，殘虐無辜時，受害者即使「垂淚，跪求」，或拔腿奔逃，「轉身欲飛」，他都不會輕輕放過，如「影子」般，把人纏繞、逮住。「孤獨」的他，實在是非常「難以豢養」、「難以馴服」的對手。

　　學術界也有為弗拉德三世平反的聲音[24]，但論者的意見仍存著頗多分歧——「有些人貶斥他性格暴戾和謀略不足。有些人則頌揚他的保衛國家的英雄主義和為治理群雄稱霸的社會所作的努力」[25]。那麼，白靈呢？也許是接受米隆・康斯坦丁內斯庫（Miron Constantinescu, 1917-1974）等人的看法，即弗拉德「有著毋庸置辯和不可低估的功績，因為他的行動使奧斯曼對羅馬尼亞諸國統治的

司，2008），145-154、196-197。

[22] 阿萊桑德拉・畢塞亞（Alessandra Bisceglia），《吸血鬼：德古拉的真實》（*Dracula: Viaggio in Transilvania*），崔學漢譯（臺中：晨星出版社，2010），10。

[23] 白靈，〈孤獨〉，《五行詩及其手稿》，63。

[24] Lucian Boia, *History and Myth in Romanian Consciousness*, trans. James Christian Brown（Budapest; New York: Central European UP, 2001），200.

[25] 康斯坦丁內斯庫等，275。

建立推遲了七十五年以上」²⁶，白靈寫出以下一作：

> 向中國繳出了最末一口氣
> 長江仍日夜從他底兩耳，轟轟流出
> 八十載青史，不是龍蟠，便遭虎踞
> 智慧與主義依舊鑲在牆上走不出陵寢
> 每個字都斑斕成蝴蝶，掙扎著，想飛²⁷

弗拉德三世是在抵抗土耳其人的戰事中犧牲的，可謂向夾在東方伊斯蘭教和西方天主教的「中」央之「國」「繳出了最末一口氣」，終生為守衛國土而奉獻。羅馬尼亞在弗拉德之後，大大小小的政治人物如走馬燈過場又消失，「不是龍蟠，便遭虎踞」，卻無法阻止這片土地在約「八十載」後徹底成為鄂圖曼帝國的一部分。歷史的「長江」大河日夜奔馳，轟轟烈烈，浪卻淘盡英雄人物，而弗拉德當年的作戰「智慧」和英雄「主義」仍困在墓裡，未被世人清楚認識。要是誰來寫關於弗拉德的詩，或者為他寫一篇「誤讀」，重新發現這位瓦拉幾亞之主的精神遺產，那些文獻上的「每個字」，其實早已「斑斕成蝴蝶，掙扎著，想飛」啊！

---

²⁶ 康斯坦丁內斯庫等，275。
²⁷ 白靈，〈謁中山陵〉，《五行詩及其手稿》，61。

愛與死的間隙：
白靈「五行詩」裡的車諾比核事故

　　讓舉世震驚的車諾比核事故發生於1986年4月26日，蘇聯烏克蘭普里皮亞季市。由於氣流影響，掉落到蘇聯的放射線塵有六成散佈在白俄羅斯，白俄羅斯國土的百分之二十二因而受到污染。白俄作家斯維拉娜・亞歷塞維奇（Svetlana Alexievich, 1948- ）其後通過採訪，撰成《車諾比的悲鳴》（*Voices from Chernobyl*）；白靈在《五行詩其及手稿》裡，亦有三首作品與車諾比核事故存著關連。

　　首先是〈那名字叫衛星的人〉，「衛星」當指蘇聯的衛星國，引申包含蘇聯的加盟共和國，如烏克蘭、白俄羅斯等，是為車諾比核事故的主要受災者。白靈〈那名字叫衛星的人〉謂：

　　　　失控的往事終究是墜燬了，就在昨夜
　　　　夢境的上空，它燃燒的尾巴
　　　　淒厲成長長長的一聲驚叫
　　　　但除了躺在地面我那塊心肉受到重擊
　　　　摧燬，奄奄一息，沒有，沒有誰聽到[1]

　　車諾比核電廠的第四號反應爐於當地凌晨1時23分「失控墜燬」，發生爆炸，四號機廠房遭炸掉一半，反應爐核心乃直接與大氣接觸，極大地拖長了「燃燒的尾巴」。「燃燒的尾巴」也可被理

---

[1]　白靈，《五行詩及其手稿》，198。

解為暴露的放射性物質發出藍白光線，直射沉睡國土那「夢境的上空」，見者莫不「淒厲」地發出「長長長的一聲驚叫」。蘇聯當局卻有意遮蔽「昨夜」的真相，盡力壓制核災擴散及放射性致亡的消息，僅僅承認爆炸現場有幾名員工「躺在地面」，如「心肉受到重擊／摧燬」，但縱然「奄奄一息」，或許仍尚可救活。蘇聯政府認為只要封鎖聲音，核事故的嚴重情況便「沒有誰聽到」，彷彿「沒有」什麼大不了。

提到爆炸現場的核電廠職員，不妨據探索頻道（Discovery Channel）《歷史零時差》（*Zero Hour*）的首集——〈車諾比核變〉（"Disaster at Chernobyl"）來發揮白靈的〈隱喻之夜〉。該詩寫道：

> 如何啃食，才能吃回昨夜說過的話
> 一口氣，相不相信，可以秤出一公斤的蜜
> 這是個充滿隱喻的傷痛之夜
> 一隻白蛾寧願在他手中掙扎而逝
> 一雙手掌圈起一整座夏日的星空[2]

與〈那名字叫衛星的人〉一致，此詩的「昨夜」指核事故發生當晚。爆炸前二十分鐘，不知死神遐過的維拉瓦・科丹查（Valery Khodemchuk, 1951-1986）還興致勃勃地與工頭聊起賣舊車、換新車的話題，亞歷山大・尤欽科（Aleksandr Yuvchenko, 1962- ）也與同事大談釣魚技術的高低，「說過的話」言猶在耳。

第四號反應爐發生巨大爆炸後，尤欽科快速來到幫浦室，首先遇見操作員維多・迪托林科（Viktor Degtyarenko, 1954-1986），後者臉被燒傷、全身浴血，卻以僅剩的「一口氣」請尤欽科去救其他人；再踏入幾步，另一名受重傷躺在地上的員工亦對尤欽科說：

---

[2]　白靈，《五行詩及其手稿》，199。

「我沒事，去幫科丹查。」以後尤欽科每次想起那「充滿隱喻的傷痛之夜」[3]，便難忘命懸一線的同僚「可以秤出一公斤的蜜」的仁慈話語。可是，上述提到的幾位朋友全都因核事故「掙扎而逝」，留著性命卻持續膽戰心驚的尤欽科不管「如何啃食」、咀嚼，也不能讓友儕的話再響起一次。

另外，尤欽科回憶，當他越過最後一道牆壁，抬頭看去時，原本的屋頂竟已消失不見，直視即為滿天星斗的夜空。此所以〈隱喻之夜〉結尾說道：「一雙手掌圈起一整座夏日的星空」。四月的燃燒現場固如「夏日」，而「星空」仍冷冽地俯視世間，不管人類的「傷痛」。

〈隱喻之夜〉已寫過「白蛾」，藉由諧音，可提醒讀者此詩與最受核事故影響的「白俄」有關，讓愛詩人追蹤線索，檢視車諾比，翻出詩背後的含義。白靈還寫有「五行詩」〈白蛾說〉：

> 逃不出屋宇和眾多玻璃的那隻白蛾
> 飛入伊的掌中，親吻伊的每一根手指頭
> 做最後的抖顫，並哀求說：請莫令
> 我的翅膀合攏，請用最尖的那顆星釘死我
> 從你眼窩的窗口望出去尖得最像誓言的那顆……[4]

〈車諾比核變〉節目指出，逾六十萬蘇聯男女被派往肇事地區控制核污染，他們以超凡勇氣，在極端艱困、混亂的環境工作。這些人自然包括蘇聯士兵——參考亞歷塞維奇《車諾比的悲鳴》，

---

[3] 探索頻道的節目引述皮爾斯‧保羅‧瑞德（Piers Paul Read, 1941- ）的意見，稱在象徵意義與實際上，車諾比核事故都是蘇聯政權瓦解的開端——反應爐的解體乃由蘇聯體制內的矛盾衝突引發，大爆炸清晰預告了政治上即將發生的變化。瑞德的論調，可補充白靈詩中「充滿隱喻」的意思。

[4] 白靈，《五行詩及其手稿》，197。從徵引的頁碼可見，白靈適好把〈白蛾說〉、〈那名字叫衛星的人〉和〈隱喻之夜〉編排在詩集的相鄰位置（第197、198和199頁）。這是偶然，也是冥冥之中的必然。

〈白蛾說〉寫的是堅毅軍人的心聲。由於是逆向馳赴災場，迥異於撤離的民眾，那軍人正大踏步邁進「逃不出」的「屋宇」，義無反顧地撲向「眾多玻璃」碎片的廢墟。〈白蛾說〉想像，由於並未穿上防護衣，那軍人未幾便燃盡生命，僅能在病榻上作「最後的抖顫」——曾作為空軍參與阿富汗戰爭的他祈求「翅膀」別要「合攏」[5]，自己能再一次為蘇聯「星」[6]章所代表的國家榮譽獻身[7]。他從別人「眼窩的窗口望出去」，遙見蘇聯官方一次次在第四號反應爐升起「最尖」的旗幟——負責的士兵與自殺無異——普通人對插旗任務避之唯恐不及，而〈白蛾說〉的他卻只想堅守黨員的「誓言」，攬起此事，哪怕要被「釘死」在紅旗的旁邊……[8]

　　〈白蛾說〉也可能脫胎自《車諾比的悲鳴》的開首篇章：一位懷孕的妻子撒謊瞞過醫生，到病院探訪參與救災、命在旦夕的消防員丈夫。她「飛入伊的掌中，親吻伊的每一根手指頭」，依依不捨地「哀求」上蒼能讓丈夫活下去，「莫令」她盼望的「翅膀合攏」、收掉所有光明。「星」象徵希望[9]，她願意被奇蹟「釘死」

---

[5] 據採訪，一名士兵回憶：「很多年輕飛行員才剛從阿富汗回來」，這大概是白靈構思的所本。見斯維拉娜・亞歷塞維奇（Svetlana Alexievich），《車諾比的悲鳴》（Voices from Chernobyl），方祖芳、郭成業譯（臺北：泰電電業股份有限公司，2011），112。

[6] 一名士兵說：「他們徵召，我就去了。我一定要去！我是共產黨員，前進！當時就是這樣。我的頭銜是高級陸軍中尉，他們答應再給我一顆『星星』，當時是一九八七年六月。」見亞歷塞維奇，104。

[7] 那時一些士兵的心理狀況，從亞歷塞維奇的訪談中可見一斑：「我該不該去？該不該飛？我是共產黨員，怎麼能不去？兩個拿兵拒絕過去……他們遭到羞辱和懲罰，不會有前途了。去那裡也攸關男子氣概和榮譽……他不能去，我去，那才算男子漢。」見亞歷塞維奇，111。

[8] 據《車諾比的悲鳴》，一位清理人員憶述：「官員唸著報上的聲明，說我們因為有『高度政治覺悟以及精心策劃』，所以災變後僅僅四天，紅旗已經在四號反應爐上飄揚。那面紅旗一個月後就被輻射吞噬，於是他們又派人插上另一面旗，一個月後又得再插一面。我想像那些士兵走上屋頂換旗子時的感受，那是自殺任務。是信奉蘇聯？還是奮勇犧牲？不過老實說，如果他們給我那張旗，叫我爬上去，我也會那麼做。」見亞歷塞維奇，124-25。

[9] 奚密，〈星月爭輝——現代漢詩「詩原質」舉例〉，《現當代詩文錄》（臺北：聯合文學出版社有限公司，1998），77；〈流放與超越：作為悲劇英雄的詩人〉，《現代漢詩——1917年以來的理論與實踐》（Modern Chinese Poetry: Theory and Practices since

---

嚇昏，只盼著曾在災場與「逃不出屋宇和眾多玻璃」搏鬥的丈夫能堅守「誓言」：「反應爐失火了，我馬上回來。」[10]

　　這名妻子在訪談中感嘆：「我不知道我應該說什麼故事——關於死亡還是愛情？也許兩者是一樣的？我該講哪一種？」[11]她的話正正呼應了白靈詩集《愛與死的間隙》的標題。白靈的「五行詩」，既見證了歷史中的「死」，也不忘人世間的「愛」。恐懼和死亡的故事不是人人樂聞，但關於愛，「躺在地面」的「那塊心肉」即使「受到重擊／摧燬，奄奄一息」，但只要讀者願意去聽，去深入文本，就不會「沒有誰聽到」。

　　1917），奚密、宋炳輝譯（上海：上海三聯書店，2008），54。
[10] 亞歷塞維奇，20。
[11] 亞歷塞維奇，20。

心已裸裎，在肉體之外：
白靈〈裸〉檢視

　　麥西亞伯爵利奧弗里克（Leofric, Earl of Mercia, ?-1057）對高雲地利民眾強徵重稅，他美麗的妻子戈黛娃夫人（Lady Godiva, 活躍於1010-1067）屢屢代人民向丈夫求情，都遭頑固的伯爵拒絕。其後，利奧弗里克對妻子的持續請求感到不耐煩了，就許諾說：如果她肯裸體騎馬繞行市內各街道，他便樂意減免人民稅收。沒想到，戈黛娃夫人寧願為市民作出犧牲，竟真的答應遊街，裸裎肉身，披著一頭長髮便騎馬出行[1]。戈黛娃夫人事前要求民眾待在屋裡，關緊門窗，但一名好色的裁縫湯姆（Tom）卻禁不住誘惑，在窗上鑿出一個小洞偷窺，結果如童話一般，他的雙眼突然失明，這便是英語稱「偷窺狂」為Peeping Tom的由來[2]。

　　經由「誤讀」，白靈的「五行詩」多能與域外歷史掌故連結，除涉及阿茲特克興衰、匈人征服者、猶太女英雄、西班牙史詩、法國哲學家、羅馬尼亞吸血鬼、蘇聯核事故等之外，亦能為戈黛娃的傳說作詩化演義。白靈〈裸〉詩全文謂：

---

[1]　E. Sidney Hartland, "Peeping Tom and Lady Godiva," *Folklore* 1.2（1890）: 215-216; H. R. Ellis Davidson, "The Legend of Lady Godiva," *Folklore* 80.2（1969）: 120-121.

[2]　傑羅姆・克勞斯（Jerome C. Krause），〈裸騎的戈黛娃夫人〉，翠竹編譯，《跨世紀時文博覽》1（2007）: 7-8。另外，關於戈黛娃夫人、偷窺者湯姆的傳說及其流播，最鉅細無遺的探討，可參考Daniel Donoghue, *Lady Godiva: A Literary History of the Legend*（Oxford: Blackwell Publishing, 2003）。

戈黛娃夫人騎馬繞城
John Collier, *Godiva*, 1898

雲，裸體的
馬，裸體的
詩是我的雲
　　我的馬
飛入你眼睛的小鳥[3]

　　首行寫「雲」露出在天空開闊的戶外，表明戈黛娃已步出家
門，「裸體」地，如第二行所示，騎在一匹赤身的「馬」上。她美
麗如「詩」，但誰若敢莽撞偷窺，像盯「裸體」的「雲」和「馬」

---

[3]　白靈，《五行詩及其手稿》，178。

般盯著她，她就派遣「小鳥」，直撲好色者的「眼睛」，把它們啄走，使他像裁縫湯姆般永墮黑暗。鳥啄目瞎的想像，中國古典《說岳全傳》有大鵬啄虬龍可本，金庸（查良鏞，1924-2018）《神鵰俠侶》的原版中，李莫愁亦被小紅鳥啄盲一目；至於西方，《格林童話》（*Grimms' Fairy Tales*）灰姑娘的姊妹最後各被鴿子啄掉一隻眼睛，讀者應該也不陌生。而如果看過朱爾斯・約瑟夫・萊菲博瑞（Jules Joseph Lefebvre, 1836-1911）所畫的戈黛娃夫人畫，則知藝術家曾直接把「裸體」出行的美人和「小鳥」並置，一同「飛入」觀畫者的「眼睛」中──可以說，白靈這首「五行詩」，每句都與戈黛娃事跡緊密扣連。

鳥兒翔繞下的戈黛娃夫人
Jules Joseph Lefebvre, *Lady Godiva*, 1891

白靈詩蘊含著非常豐富的文化資源，〈裸〉可能也有中國因子。太古時期，一位父親遠征在外，家中只留下一女一馬。女兒思念父親，於是對雄馬說：「爾能為我迎得父還，吾將嫁汝。」一番遊戲之言，詎料馬兒認真看待，竟立即絕韁而去，直奔父親所在；父親見到所養之馬，既喜又驚，怕是家中生變，於是乘之急急趕回。事後，父親當然不願女兒嫁與雄馬，竟至預伏弓弩，將馬射殺，還將牠的皮剝下來曝於中庭。一次女兒和鄰家女孩玩耍，邊踐踏馬皮邊笑罵道：「汝是畜生，而欲取人為婦耶？招此屠剝，如何自苦？」誰想話沒說完，「裸體」的「馬」就如「雲」捲動，裹起女兒，像「小鳥」般「飛」走；這畫面「飛入」鄰家女的「眼睛」中，嚇得她不敢衝上前追趕。那麼，「雲馬」最後譜出了什麼「詩」呢？故事尾聲，牠與那女兒一同化身為蠶，在樹上靜靜吐「絲」（詩），開創了華夏的桑蠶文化──以「絲」（詩）包覆人的「裸」體，就這樣「飛入」眾人的「眼睛」，引起一陣又一陣的讚嘆[4]。

　　據劉向（前77-前6）《說苑‧君道》記載，楚昭王（熊軫，?-前489）時曾出現連續三天「雲如飛鳥，夾日而飛」的異兆。周室太史向昭王分析：「將虐于王身，以令尹、司馬說焉，則可。」他指出太陽象徵君主，妖氣守之，必不利於昭王，唯有藉祈禳之法，把災殃移於令尹、司馬。司馬聽聞這件事後，立刻齋戒沐浴，預備「以身禳之」。昭王卻制止他，說：「楚國之有不穀，由身之有匈脅也；其有令尹、司馬也，由身之有股肱也。匈脅有疾，轉之股肱，庸為去是人也！」[5]意思是自己為楚國胸脅，而令尹、司馬亦為國家的大腿和胳膊，沒有理由將自身之患，轉移到令尹、司馬頭

4　黃滌明注譯，《搜神記全譯》，干寶原著（貴陽：貴州人民出版社，1991），392-394。

5　劉向，《說苑》，王鍈、王天海譯注，上冊（臺北：臺灣古籍出版社有限公司，1996），45。

上。在這裡，「雲」像「小鳥」般「飛入」楚王「眼睛」，赤裸裸地威脅國君；司「馬」的官員隨即「裸體」沐浴，要為昭王消災，赤裸裸地忠誠於君；而楚王裸裎心跡，不願移禍於下屬，也是赤裸裸的真摯真誠。孔子（孔丘，前551-前479）在得悉楚國如「詩」一般的君臣情誼後，禁不住感嘆謂：「楚昭王知大道矣！其不失國也宜哉！」[6]

或許還有「竹林七賢」之一的劉伶（約221-約300），他是老莊思想的追隨者。劉伶曾「脫衣裸形在屋中」[7]，我想像他醉醺醺地唸出《莊子‧逍遙遊》的一些片段：「其翼若垂天之雲……野馬也……翼若垂天之雲……絕雲氣……」[8]那團團「雲」氣、像野「馬」般的雲霧等，就都跟雲裡霧裡、酒醉出神的劉伶一起「裸體」著，重溫《莊子》裡鯤化為「鳥」的奇思妙想。但世俗的人見到在屋子裡赤條條的劉伶，還是忍不住要譏笑他。劉伶反駁道：「我以天地為棟宇，屋室為褌衣。諸君何為入我褌中！」[9]這是我劉伶的「詩」意生活，你們爬進了以天地為家的我的褲子，卻以為是我的「小鳥」（生殖器）「飛入」了大家的「眼睛」麼？

翻翻《藝文類聚》，在卷三檢出一首有趣的詩：「春風本自奇，楊柳最相宜。柳葉恆著地，楊花好上吹。處處春心動，常惜光陰移。西京董賢館，南宛習都池。行間魚共樂，桃上鳥相窺。香車雲母幰，駃馬黃金羈。」[10]這首梁簡文帝（蕭綱，503-551，550-551在位）的〈春日想上林〉，末三句有「雲」有「馬」，有可以「飛入眼睛」的「小鳥」；而前文春心之動、董氏之館、共享魚水之樂等，似乎都適合「裸體」。這樣看，它與白靈之作，又可說是詩意

---

[6] 李宗侗註譯，《春秋左傳今註今譯》，下冊（臺北：臺灣商務印書館，1971），1426。

[7] 楊勇，《世說新語校箋》，劉義慶原著，修訂本，上冊（臺北：正文書局有限公司，2000），657。

[8] 陳鼓應注譯，《莊子今注今譯》（北京：中華書局，1983），1、3、11。

[9] 楊勇，657。

[10] 歐陽詢，《藝文類聚》，汪紹楹校，上冊（上海：上海古籍出版社，1985），42。

互聯了。

　　詩已裸裎，在行句之外——白靈「五行詩」精短凝煉，著重留下聯想空間，繼中美洲、西歐、西亞、東歐之後，終於在英國高雲地利繞回東亞，領讀者在各式典籍中尋索詩的無限意義、無限可能——上述的中國因子說，實際也不能框限〈裸〉含義的繼續發揮。最後一站，「五行詩」將溯向寶島，為愛詩人細訴福爾摩沙的近代開拓史，敬請期待。

福爾摩沙三族記：
白靈的〈老婦〉和〈詩脫稿後〉

　　在《五行詩及其手稿》中，〈白蛾說〉、〈那名字叫衛星的人〉和〈隱喻之夜〉三篇頁碼相連，經由「誤讀」，可發現皆與演述車諾比核事故有關。網站「白靈文學船」上，詩人則把〈老婦〉和〈詩脫稿後〉放在「五行詩」一版的相近位置（分別是編號16和17），當中是否亦有深意？先引〈老婦〉全文如下：

> 沙灘上浪花來回印刷了半世紀
> 那條船再不曾踩上來
> 斷槳一般成了大海的野餐
> 老婦人坐在門前，眼裏有一張帆
> 日日糾纏著遠方[1]

　　曾有朋友說，他能從〈老婦〉讀出一個情色世界：「沙灘」指女陰，「來回印刷」指陽物抽插，而因為「半世紀」已過，婦人老矣，同樣垂暮的丈夫雖然仍有「那條船」（即陰莖），卻不再有興致、有力氣「踩上來」合歡了。是以，丈夫的「船」有等於無，儼如「斷槳」，「老婦人」只能打開「門」坐著，期盼歸帆載回她包養的小白臉，好慰她春閨之苦。詩末的「糾纏」兼有二義，既可指「老婦人」天天的思緒離不開「遠方」遊子，也暗示她常常幻想與

---

[1]　白靈，《五行詩及其手稿》，169。

對方肉體「糾纏」，盡歡床笫。

另位朋友附和，說〈老婦〉的前半埋怨丈夫性能力退化，老男人的「浪花」想是愈來愈少，愈來愈稀；所謂「成了大海的野餐」，是指老漢的「斷槳」完全下沉，長垂不起；而後半篇那女人埋怨小白臉胡不歸，則可與《詩經‧狡童》互聯：「彼狡童兮，不與我言兮。維子之故，使我不能餐兮！彼狡童兮，不與我食兮。維子之故，使我不能息兮！」[2]她的「糾纏」心緒，令她既吃不下，也睡不安。是的，丈夫的「野餐」她不能吃，丈夫的懷抱她嫌不好睡。

這兩位朋友問我有何意見，無已，我隨便應答：老婦人坐在門前一幕，令我想起了柳永（約987-約1053）寫的「想佳人、妝樓顒望，誤幾回、天際識歸舟」[3]。「老婦人」當然不再是二八年華的「佳人」，但正如柳永詞運用了「對面設想」[4]的手法，「佳人」是羈旅他鄉的遊子所思念的對象；那麼，有沒有可能，「老婦人坐在門前，眼裏有一張帆」亦是遠航人揣想的情景呢？

等朋友稍稍消化這段話後，我繼續說：當然先不要想那「遠方」遊子是什麼小白臉，把他看成是「老婦人」的兒子，上下文就熨帖了。沙力浪‧達岌斯菲芝萊藍（漢名趙聰義，1981- ）有首詩的最後一節這樣寫，「哦　笛娜／再一次／用妳的話灌溉我／有如山羌遽然眨眨眼／擁在族人的懷抱裡　自然的恩惠裡／赤著腳跟自由跳躍／向山林／向／山／林」[5]，寫的正是離鄉人對母親的切切思念[6]。

---

[2]　程俊英譯注，《詩經譯注》（上海：上海古籍出版社，1985），154。
[3]　謝桃坊，《柳永詞選評》（上海：上海古籍出版社，2002），130。
[4]　唐宋詞的「對面設想」，詳參歐明俊，《唐宋詞史論》，再版（臺北：萬卷樓圖書股份有限公司，2018），55-58。
[5]　出自沙力浪〈笛娜的話〉，「笛娜」（tina）即「母親」之意。全詩見Salizan Takisvilainan, "What Tina Says," *Taiwan Literature: English Translation Series* 18（2006）: 119-120。
[6]　編者按：余境熹想到沙力浪，很大可能是因為〈老婦人〉的首句「沙灘上浪花來回

我總結道：〈老婦〉的兒子受到種種限制，無法回鄉，「那條船再不曾踩上來」。他只能「對面設想」，腦海裡浮現出母親「坐在門前，眼裏有一張帆／日日糾纏著遠方」的畫面。這兒子邊深情地懷念至親，邊想到慈母亦為自己心碎，真是叫人動容。

忘記了說，我和兩位朋友是在圖書館裡聊起來的，也許太吵了，就被攆了出來。第一位朋友匆匆借走了劉克襄（劉資愧，1957- ）的《革命青年：解嚴前的野狼之旅》，我則是兩手空空，徒步還家。

坐進書房，才忽然想到可以推倒〈老婦〉，不，推倒〈老婦〉上述的各種詮釋，另立新的解法——這都得仰賴陳耀昌（1949- ）所著的小說《福爾摩沙三族記》。且再把〈老婦〉徵引一次：

> 沙灘上浪花來回印刷了半世紀
> 那條船再不曾踩上來
> 斷槳一般成了大海的野餐
> 老婦人坐在門前，眼裏有一張帆
> 日日糾纏著遠方

陳耀昌的小說提及，在大員的傳教士苦等多時，希望荷蘭東印度公司能答應提供印刷機，董事會卻以「連巴達維亞都還沒有印刷機」[7]為由，否決了他們的申請，於是教會在「印刷」文教材料方面的不便就一直持續著。持續到何時？到小說的鄭成功攻佔大員，荷蘭勢力被驅離寶島，那會兒傳教士終於不再需要「印刷」了。

考諸史冊，荷蘭對大員的統治始於1624年，到1662年敗戰退出，前後共計三十八載光陰；1664年，荷蘭人雖一度取得雞籠，但

印刷了半世紀」，當中「沙」、「來」、「浪」與「沙力浪」諧音。

[7]　陳耀昌，《福爾摩沙三族記》（臺北：遠流出版事業股份有限公司，2012），192。

因貿易失利，不得不於1668年自動撤離，從此便對寶島斷念。若以1624至1668年計，則荷蘭與大員的因緣延續了四十四載，差近於白靈〈老婦〉裡提到之「半世紀」。

關鍵是：詩中的「老婦人」有何背景？陳耀昌〈我為什麼寫《福爾摩沙三族記》〉曾言及：「在荷據早期，荷蘭男性與平埔族女性（西拉雅）結婚者，或不婚而有兒女者，雖不算多，但經三百五、六十年的繁衍，可以變成可觀的數目。而在荷據時期，因鄭成功來臺而來不及逃出的荷蘭男性，有些人往高山逃，於是往北經由諸羅山到鄒族、往南經由打狗而入魯凱及排灣部落。」[8]白靈「五行詩」的那名婦人，應該即是荷蘭人和原住民的後裔。

我傾向把「老婦人」視為荷據早期的嬰孩，她的父親在與鄭成功交戰後便離開了寶島。這樣代入，我們就很容易理解，何故垂垂老矣的婦人要為荷蘭的「船再不曾踩上來」而嘆息，並為「斷樂」，為與父親失聯而哀怨。「大海」茫茫，整生人與父親隔絕音信的她只能「坐在門前」，盼想「一張」不太可能出現的「帆」從天際歸來。她「日日」錐心刺骨，為「遠方」陌生的荷蘭，也為自己的不幸苦苦「糾纏」[9]。

接著是白靈的另首作品〈詩脫稿後〉，藉由「誤讀」，它竟然亦與《福爾摩沙三族記》緊密扣連。這裡會透露小說的劇情，請謹慎閱讀：《福摩爾沙三族記》的女主角是荷蘭人瑪利婭，她在鄭成功佔領大員後，選擇留下，並且與鄭氏麾下的陳澤繁衍後代。〈詩脫稿後〉這樣寫道：

---

[8] 陳耀昌，386。

[9] 明乎此，我們亦能理解為何「老婦人」會把荷蘭經營大員的三十八年或不超過四十四年視為「半世紀」。這是由於投注了強烈感情，人對時間的長度會有所誇張，曹禺（萬家寶，1910-1996）的劇本也有近似的情節。詳見曹禺，《雷雨》（北京：人民文學出版社，1994）。

被一雙手苦苦追趕的琴鍵
在昏迷的敲擊中感覺被吻
遭陽光燙傷的霧拚命朝陽光飛去
龍捲風一過，豐厚的泥土空白著
禁不起，唉仍禁不起一顆種子輕輕的　　　降　　　落[10]

　　「琴鍵」轉喻的是瑪利婭，據小說敘述，她很喜歡音樂[11]；而「苦苦追趕」她的「一雙手」則是命運，也可以指陳澤。原來，陳澤在攻臺一役為鄭軍立下大功，他擊沉了赫克托號，揚威疆場，正猶如「陽光」般充滿榮耀；可是，他對荷軍的猛烈「敲擊」，實在是會叫身為荷蘭人的瑪利婭驚慌「昏迷」，使她感到如「燙傷」般煎熬的[12]。

　　瑪利婭的父親和弟弟都死於戰場，這令她傷心得不吃也不喝。奇特的是，身為敵人的陳澤卻竟多多少少給了她一些安慰，讓她「在昏迷的敲擊中感覺被吻」。例如，小說曾寫瑪利婭認為「命運是殘酷的，讓她落入敵人手裡；但命運又是仁慈的，讓她遇上了陳澤」[13]。確實，陳澤既是能「燙傷」人的「陽光」，又是會散發溫暖的「陽光」，陳耀昌如此描述：「讓瑪利婭印象最深的，是陳澤的微笑。陳澤的微笑，讓瑪利婭覺得溫煦，也讓陳澤看起來爽朗。」[14]終於，有一次陳澤「雙臂一攬」，「自後把瑪利婭抱得緊緊的」時，「瑪利婭的雙手終於也緊緊抱著陳澤」[15]——這當然能對應白靈所言：「遭陽光燙傷的霧拚命朝陽光飛去」。

---

[10] 白靈，《五行詩及其手稿》，124。
[11] 陳耀昌，39。
[12] 「瑪利婭自認已經心死，閉著雙眼，身子不動，卻聽得來人用荷語輕聲對她說⋯⋯瑪利婭聽到荷語，不覺睜開眼睛。自一早硬撐的堅強頓時崩潰，哇地一聲，大哭起來。」陳耀昌，321。
[13] 陳耀昌，328。
[14] 陳耀昌，327。
[15] 陳耀昌，335。

還不夠「拚命」嗎？再多翻幾頁小說：為了避免令瑪利婭傷心，陳澤向鄭成功提出退居二線，不親身攻略熱蘭遮城。陳耀昌特別補充：「瑪利婭見他說得真誠，心中也大受感動。自這一刻起，瑪利婭完全接受了陳澤。」[16]所謂「完全接受」，是因之前瑪利婭雖亦為陳澤的真誠打動，但她仍感矛盾，對陳澤雙手沾有荷蘭人的血、自己卻和他親近感到愧疚[17]。這霎時，她內心的芥蒂全然消釋，束縛盡除，真的是一心向陳澤「飛去」了。

有趣的是，在我的比照之中，〈詩脫稿後〉以「陽光」喻指雄健的陳澤，那麼「霧」便是柔和的瑪利婭了。根據小說後文，瑪利婭與陳澤結合，她形象中的「柔」也受到了「陽光」的加持，顯得更加飽滿、有力量：「夕陽斜照著瑪利婭，她的身影被拉大了」[18]；「瑪利婭的神情，在夕陽中，與那象牙雕像的聖母瑪利亞，竟是不可思議地相像」[19]。噫！雖云「誤讀」，但契合至此，也可稱得上是種天機了。

白靈〈詩脫稿後〉尚有最後兩行待解：「龍捲風一過，豐厚的泥土空白著／禁不起，唉仍禁不起一顆種子輕輕的　降落」。前一行較易詮釋，說的是鄭成功軍隊如「龍捲風」襲來，刮斷了荷蘭人數十年的統治根基，後者的勢力在大員「豐厚的泥土」上變成「空白」，據點盡失。

身為荷蘭人，瑪利婭需要決定自己是去是留。作為參照，陳耀昌安排了克莉絲汀娜這一角色。克莉絲汀娜喜歡的是鄭成功，但在鄭荷雙方簽訂和約後，她對國姓爺並不留戀，很快便決定離開大員[20]。至於瑪利婭，她則因「一顆種子輕輕的　降落」而節

[16] 陳耀昌，346。
[17] 陳耀昌，344-345。
[18] 陳耀昌，366。
[19] 陳耀昌，367。
[20] 陳耀昌，365。

外生枝──沒錯,「一顆種子」指的是她從陳澤那兒懷了孕[21]。

對於懷孕一事,起初瑪利婭感到「黯自神傷」,因為這代表著「她永遠回不了荷蘭人的圈子」[22]。但不久,瑪利婭就理清自己的真正想法。她決定留下來,原因正是白靈詩裡提到的「豐厚的泥土」。瑪利婭說:

> 過去三十多年,這塊土地有福爾摩沙人、荷蘭人和漢人共同努力,開發出今日的局面。這塊土地,有爸爸的心血,有許多荷蘭人的心血。爸爸為這塊土地而死,有許多荷蘭人也為這塊土地而死。所以我不願看到,因為國姓爺帶著漢人來了,荷蘭人就會全面退出。[23]

質言之,瑪利婭不單以懷中的嬰孩為「種子」,她更是以自己為「種子」,需要「降　落」在大員的土地上,延續「福爾摩沙三族」共同努力的成果。彷彿為了使這篇「誤讀」臻於圓滿,瑪利婭十足地呼應白靈的詩句,以「種子」作出比喻說:

> 爸爸常講一句話:「一粒麥子活著,就是一粒麥子。一粒麥子埋入土裡死了,才能變成更多的麥子。」爸爸死了,弟弟死了,許多荷蘭人死了。他們在這個島上努力多年,我不願讓他們白死。將來我的孩子會有我的荷蘭血液。將來,這個

21　陳耀昌在〈我為什麼寫《福爾摩沙三族記》〉裡說:「鄭成功來臺時,以迅雷不及掩耳之勢登陸赤崁附近,普羅岷遮城內及散居西拉雅村社的荷蘭人家族有兩、三百人被俘。鄭成功殺了一部分,放了一部分(一六六二年隨船返回巴達維亞),囚了一部分。這些被囚的數十人,到了一六八三年施琅來臺後才獲得釋放,回到巴達維亞。其他有數十名荷蘭女性,或為妾、或為奴。見於史者,至少有鄭成功本人和將領馬信娶了荷妾。我相信尚有其他未見於記載者。這些荷蘭女性所生的後裔,大約是鄭氏部隊漢人將領之後。」其安排瑪利婭受孕一事,實有所據。見陳耀昌,386。
22　陳耀昌,348。
23　陳耀昌,365。

島嶼叫福爾摩沙也好，叫臺灣也好，叫其他名字也好，會有我們的子孫在這裡，有我們的血液在這裡。我希望，未來這個島上的人會記得荷蘭人的功勞，記得爸爸的努力。我不願意看到荷蘭人全面撤退之後，三十八年的努力完全沒有東西留下，像大船過了海面以後，未留一絲痕跡。[24]

在軍事征服面前，瑪利婭超越荷蘭一族的思維使她的精神能無限傳承，倒是「龍捲風」般的強橫政權難以千秋，轉瞬就變換了大旗[25]。〈詩脫稿後〉說「龍捲風」也「禁不起」瑪利婭這顆「種子輕輕的　　降　　落」，實在是很有道理的。

「誤讀」至此，我帶著白靈的「五行詩」，也是跟著白靈的「五行詩」遊走了東西方世界一遍。自中美洲的阿茲特克啟程，繼而在英倫、西班牙、以色列等地都留下足印，最後是回到白靈居住的臺灣，卸掉行李，融攝所得。旅程暫告一段落，但還是要再引白靈的一首「五行詩」以為尾聲：

江面下匍匐著一床翡翠
岸左右凹凸起兩路峰巒
透明的翡翠上，沒有船撩得開陰影
歷史的峰巒間，哪片雲不染點滄桑
唯想像從容，奔馳於所有連漪的前方[26]

這是白靈的〈乘船下灕江〉。灕江令人神往，而白靈各文本的

---

24 陳耀昌，365-366。
25 以史實論，鄭成功（鄭森，1624-1662）在攻下大員後不久便離世，其生卒年與荷據臺灣的起迄竟成一致；以後明鄭政權再由鄭經（1642-1681）、鄭克塽（1670-1707）兩代實質繼承。到1683年，鄭克塽向清朝投降，鄭氏王朝便宣告滅亡。
26 白靈，《五行詩及其手稿》，49。

「江面下」其實皆「匍匐著一床翡翠」，只待愛詩人用心觀看，則「兩路峰巒」，可左右逢源——是否必須以「歷史」來聯想，答案當然是不，只要「想像從容」，參與文本的讀者即能「奔馳於所有漣漪的前方」。

「白靈文學船」網站，檢索稱便，
領讀者展開閱讀詩文的美妙旅程，
一同「乘船下灘江」。

輯二

五行詮釋現代詩

火日炎上

夢想起航：
白靈寫給年輕朋友的〈飛魚〉

　　白靈〈飛魚〉初載於1999年9月《臺灣詩學季刊》第28期，其後收錄在2004年出版之個人詩集《愛與死的間隙》中，而當詩人自行經營的網頁「白靈文學船」轉錄此詩時，其分行方式又有所改變[1]。該詩在《愛與死的間隙》中如此排列：

　　　海弓起背時，一隻飛魚開鎗將自
　　　己射出，鰭展成翅，拚命揮──
　　　魚蝦瞪眼，浪花扼腕，抖開水抖
　　　開海。側耳去聽，呵，竟是幾百
　　　畝的嘆息呢。

　　　悶聲不說，只搖頭的是大海。但
　　　才幾秒鐘，飛魚就將自己射出兩
　　　三百公尺那麼遠，卜的一聲，射

---

[1]　給剛剛接觸新詩的讀者朋友：白靈的〈飛魚〉其實是首散文詩，以段為單位組織起來。因為我志在「誤讀」，所以才故意把它看成是分行詩。在劇場中，臨時加插的現編內容，甚至是出錯的部分亦常會有令人意想不到的亮點〔如《刀劍亂舞》（Touken Ranbu）舞臺劇著名的「牡丹餅事件」〕，而論者亦會據這些現場發揮來進行評說。我的做法，是把編輯排版後、在《愛與死的間隙》中印出的〈飛魚〉文字，以及其在「白靈文學船」的版本視作舞臺劇的兩場公演。那些因邊就紙頁空間而需要印在不同行，或因檔案格式而導致斷裂的詩句，就都被我解讀成有意義的「分行」。若想「正讀」〈飛魚〉，讀者不妨以散文詩的美學特色來重新演繹，自當別有領會。

進大海的胸膛。然而飛魚的快樂
，大海並不知道。

一隻差點被射中的老飛魚，黯然
潛航去了。臨走前恨恨地說：哼
，大海的快樂你才不知道！[2]

在這首詩裡，「海」象徵現實，懷抱夢想的年輕「飛魚」展鰭成翅，拚命揮動，活用僅有的資源，要從現實的包圍中掙脫出來。飛魚的舉動把安於現狀的「魚蝦」嚇得「瞪眼」，海的頂尖社群「浪」則「扼腕」，發出深深「嘆息」，責怪自己沒有把飛魚束縛住；而飛魚理也不理，「才幾秒鐘」，就把自己「射出兩／三百公尺那麼遠」，筆直前進。

放眼現今社會，年輕人利用軟件程式致富，甚至越出「浪」的高度（像是Uber對傳統計程車行業的挑戰[3]），正正是「幾秒鐘」的科技，「抖開水抖／開海」，推拒原先秩序，即能引爆既得利益者「幾百／畝的嘆息」。亞里士多德（Aristotle, 前384-前322）曾說：「詩人的職責不在於描述已經發生的事，而在於描述可能發生的事」[4]，細讀白靈這首1999年的詩，不得不佩服他已預示這二十年間年輕世代的急速發展。

問題是，「飛魚」能一直飛下去嗎？從詩文可見，牠凌空兩三百公尺後，還是要墜落，跌回「大海的胸膛」。夢想對現實的衝

---

[2] 白靈，《愛與死的間隙》，162-163。
[3] 王超，《Uber野蠻崛起》（香港：天窗出版社有限公司，2015）。編者按：余境熹在此舉出Uber為例，看似隨意，其實是因為徐四金（Patrick Süskind, 1949- ）著有 *Über Liebe und Tod* 一書，中譯《愛與死》（*On Love and Death*），和白靈詩集標題的首三字相同，余境熹乃由德語書名的首字Über而想到Uber。類似的「文化密碼」廣泛藏於余境熹的文字之中，偶爾讀出，實有順利解謎的快感。
[4] 亞里士多德（Aristotle），《詩學》（*Poetics*），陳中梅譯注（北京：商務印書館，1996），81。

擊，可能只是微不足道的「卜的一聲」，但白靈對無成而有終的年輕英雄仍然予以肯定，他寫道：「然而飛魚的快樂／，大海並不知道」。那一刻為夢想飛航的快感，是向現實投降者無法體會的。

怕就怕「飛魚」自己失去信心，不再擁有年輕心態，而變成了精神上的「老飛魚」。「老飛魚」曾經也為擺脫現實的「海」而努力飛騰，可是在這條夢之路上，牠卻「差點被射中」，歷經了磨難，以致產生畏懼，唯有「黯然／潛航去了」，不僅遁回現實，還「潛」藏不願再飛。牠「恨恨地說：哼／，大海的快樂你才不知道！」牠成為了「海」的同謀，一齊向年輕的「你」喊話，說現實給人安心的「快樂」，想要那些仍拚命馳行的「飛魚」停下來。

〈飛魚〉刊於《臺灣詩學季刊》時，白靈四十九歲，應該已遇過不少夢想破滅後轉投現實懷抱，乃至開始嘲笑夢想、嫉妒追夢有成者的「老飛魚」。慶幸的是，白靈的詩國夢一直沒有熄火——他持續推廣小詩，受到不少「恨恨」的聲音干擾，但一直無悔，像飛魚重新入水後，很快又再飛出來。最近他提出的「截句詩運動」，便正是「開鎗將自／己射出」的一次嘗試。事情容或有成敗，但夢想永遠不低頭。

可以說，白靈的〈飛魚〉既可喻人，亦可自比，既寫了普遍的情形，又蘊含一己的感悟，給愛詩人非常廣闊的聯想空間。另外，整首詩的斷句奇特，某些應該相連的詞語被截開在兩行，逗號有時還放在頂格，這背後的含義實在頗耐讀者思索。以下嘗試提供幾種理解的可能：

（A）飛魚動作敏捷，難以捕捉，瞻之在前，忽焉在後，以為牠還在某個位置，原來早飛到視野之外，恰如〈飛魚〉的換行，明明「一隻飛魚開鎗將自」，話沒說完，「己」已經在另一行「射出」；以為是「射出兩」百公尺，眼睛追著看，原來已飛到「三百」開外；當然這「射」不能持久，突地就「進大海的胸膛」

了——這些斷行，都予人「說時遲，那時快」之感。整首詩中，唯有「老飛魚」的「黯然」是徹底的，沒有任何驚喜就接到「潛藏去了」，平靜、固定、不動，〈飛魚〉在此很好地暗示出安於現實者的精神面貌，可謂獨具匠心。

（B）白靈也可能以奇特的斷句喻指追夢者——蘇洵（1009-1066）說趙國抗秦，用武不終[5]，追夢者有時亦只得三分鐘熱度，未能持之以恆，常常中途變卦，像是〈飛魚〉裡輕盈的「飛魚」變成潛沉的「老飛魚」，安於現實制約，開始享受起「大海的胸膛」來；或者，追夢過程一波三折，事情總不會按原定想法進行，本想「射」得更遠，卻避不開跌「進大海的胸膛」。這樣看來，〈飛魚〉特別的斷句就能指涉追夢者的半途而廢或頓挫坎坷，達到詩形式和內容的高度呼應。

（C）吳青峰（1982- ）寫的歌詞〈飛魚〉裡提到：「找線索　找窗口　鑽出海平面烏雲的舌頭要解脫」。回看白靈紙本〈飛魚〉，斷句使首兩節詩的一至四行和第三節詩的頭兩行顯得相當平整，彷如追夢者「飛魚」亟欲打破的「海平面」，催促讀者亦去「找線索　找窗口」，另啟新途，不能自限於設定好的小角落。在「白靈文學船」的網絡版裡，詩人就示範將〈飛魚〉的首節重排，變成：

> 海弓起背時，一隻飛魚開鎗將自
> 己射出，鰭展成翅，拚命揮——
> 魚蝦瞪眼，浪花扼腕，抖開水抖開海。
> 側耳去聽，呵，竟
> 是幾百畝的嘆息呢。

---

[5]　范羽翔，《唐宋八家文譯釋》（哈爾濱：黑龍江人民出版社，1983），170。

揭示從現實之「海」撕開裂口的可能，讓詩進一步影響讀者的選擇和行動。

　　順帶一提，吳青峰的歌詞裡有「老船」，其喻意和白靈詩中的「老飛魚」相近；白靈頌讚勇於飛翔的「飛魚」，吳青峰也提出魚是否「就一定要游泳」的質問，二人皆有突破常規的想法，兩首〈飛魚〉因而有不少可相發明的地方。當然，二作同中有異，如「海」的含義不同，吳青峰的「不管飛行還是蹉跎　都仍是自己的生活」，亦與白靈的對比筆法各異其趣，能夠啟人深思。如果要為白靈新詩〈飛魚〉建議「延伸閱讀文本」，吳青峰的〈飛魚〉我看是首選，希望心志年輕的朋友都喜歡。

吳青峰作曲填詞，
由劉明群導演的〈飛魚〉官方MV。

土日稼穡

帝子歌：
白靈截句詩〈魚跳〉「誤讀」

　　白靈寫「截句」，喜歡提到「魚」，例如〈冬夜觀星〉：「游天的雲都說自己是宇宙神仙魚」；〈回到漣漪的中心〉：「魚眼閃過賊影，分明那冤家……」；〈總有這個時候〉：「被挖鰓去臉的一尾魚」；〈詩是一桿釣海〉：「從未命名的魚裂嘴而笑」，等等。特別涉及「苦花魚」的，即有兩首：〈截句——關於行數兼答友人〉謂「苦花魚亮個身又讀矽藻去了」，〈漁光歲月——坪林所見〉則說「溪底苦花魚以螢火不停揮手」。彈鋏而歌的白靈，詩中似不可無魚。

　　整首截句詩都寫「魚」的，可以舉〈魚跳〉為例：

> 整條河伸出手都抓不到的
> 奮力之一閃，躍離了水面
> 才一秒，就有一光年那麼遠
>
> 落回時，響聲濕了誰的眼眸？

　　白靈在首兩行具體寫「魚跳」的情景：魚兒自水中躍出，浪波即或上湧如「伸出手」來，也「抓」不住活力充沛的牠；「奮力之一閃」後，魚兒的身影就「離了水面」，顯得無比靈活。白靈的散文詩〈飛魚〉亦曾寫過：「海弓起背時，一隻飛魚開鎗將自己射出，鰭展成翅，拚命揮——魚蝦瞪眼，浪花扼腕，抖開水抖開

海。」小魚彈跳出水一幕，可謂歷歷如繪。

　　〈飛魚〉的主角無法久留空中，白靈續道：「但才幾秒鐘，飛魚就將自己射出三百公尺那麼遠，卜的一聲，射進大海的胸膛。」轉瞬間又墜了下來。〈魚跳〉亦如是，那魚兒也不能一直騰空。但僅僅「才一秒」，牠打破現狀的嘗試就令人看得出神，徘徊尋索，以致讓白靈的思緒飛到「一光年那麼遠」。

　　這裡插一筆：「截句」的原意是從舊作截取行句，加以翻新。白靈的〈魚跳〉不直接摘用〈飛魚〉詩行，卻屢屢與前作相對，截其意不盡截其辭，這或許也是「截句」擴充意涵的一條路徑。

　　回到文本，〈魚跳〉的最後一行分節，提出問題：「落回時，響聲濕了誰的眼眸？」如果把它視為開放式的謎題，答案任憑讀者聯想，那也不錯，可以拓闊詮釋空間，甚至增加讀者的代入感。但細緻鉤沉，發掘原初的意圖，對理解白靈此作還是別具意義的。

　　白靈的「截句」觀念與唐詩有所聯繫，其〈截句的原因〉尤能勾連杜牧（803-852）的〈宮詞二首（其二）〉[1]。〈魚跳〉所涉的，則是「詩鬼」李賀（790-816）的〈李憑箜篌引〉[2]：「老魚跳波瘦蛟舞。」「老魚跳波」典出《荀子・勸學》：「昔者瓠巴鼓瑟而流魚出聽」[3]；《淮南子・說山訓》亦謂：「瓠巴鼓瑟而淫魚出聽」，高誘（?-212後）注云：「瓠巴，楚人也。善鼓瑟。淫魚喜音，出頭於水而聽之。」[4]到了李賀（以及寫〈魚跳〉的白靈），魚就不止「出頭於水」，而是要躍出波濤。

　　與〈李憑箜篌引〉及其牽出的典故比照，可知白靈〈魚跳〉的

---

[1]　編者按：見余境熹另文〈假裝有原因：蕭蕭《假裝是俳句》、白靈《截句的原因》「誤讀」〉。

[2]　李賀，《李賀詩集》，葉蔥奇（葉元）疏注（北京：人民文學出版社，1998），3。

[3]　安小蘭譯注，《荀子》（北京：中華書局，2007），9。《列子・湯問》亦有「瓠巴鼓琴而鳥舞魚躍」之語，唯該篇疑為偽作。可參景中譯注，《列子》（北京：中華書局，2007），157。

[4]　顧遷譯注，《淮南子》（北京：中華書局，2009），236-237。

「魚」年紀不輕（「老魚」），因此才需格外「奮力」而跳；跳的原因，則為受藝術所吸引（「喜音」），要聆聽優美的樂聲（「出聽」）。那麼，「整條河伸出手都抓不到的」就不僅僅是「魚」，更是藝術的躍動；而絕妙樂音帶來的震撼，確實「才一秒」，便能使受眾的思緒飛到「一光年那麼遠」，心中開出宇宙之花，且迴盪不息。

到「落回」時，那「響聲濕了誰的眼眸」？按李賀〈李憑箜篌引〉，答案是寒兔：先是「芙蓉泣露香蘭笑」，樂音低迴如芙蓉在露水中飲泣，然後是「露腳斜飛濕寒兔」，灑落的露水把兔子的眼眸弄濕。兔子的眼睛本不易分泌淚水（所以現代的化妝品才會選擇白兔來進行測試），但李賀、白靈筆下的藝術卻能使之淚意飽滿，從而凸顯出樂音之感人。

李賀是親身在長安聽著「李憑中國彈箜篌」的，白靈則更似是寄託一種理想、一種追求。老魚「奮力之一閃，躍離了水面」，能夠影響深遠，打動眾人；白靈從大學專任的教職退休後，所帶領的詩學運動又能否保持活力，突破現狀，產生更廣泛的影響呢？「一秒」的離水，短短的「截句」，在白靈心中，是同樣足以帶來「一光年那麼遠」的感動的，儘管「整條河伸出手」，都攔阻不住。

在白靈另一首截句詩〈你如何推開詩〉裡，他寫道：「毛毛蟲如何推開牠的毛／霧非風　如何推開飄／／魚推開得了水嗎／笑非喉該如何推開　笑聲」。按白靈本意，詩乃「宇宙之花」，「遍在於上下左右古今時空和星際的高等智慧生物之中」[5]，是人無以「推開」的。這裡單取「魚推開得了水嗎」發揮——魚是無法推開水的，正如〈魚跳〉的老魚「躍離了水面」，但最終必「落回」；詩的運動也如是，開初極富生命力，久了也就變成常態，

---

[5]　白靈，〈五行究竟——《五行詩及其手稿》自序〉，210。

需要引入陌生化（奇異化）的觀念，再度注入活力。詩人鼓動小詩風潮，不必畢其功於一役，只要持續「奮力」，「一秒」也可與永恆較量。

金日從革

漢武大帝：
白靈〈雷射〉「誤讀」

　　白靈唸化工出身而寖為成名詩人，這一背景屢屢讓讀者嘖嘖稱奇。白靈是少數會以科學原理寫評論、以科學題材入詩的作家，其〈雷射〉收於1993年出版的《沒有一朵雲需要國界》，全文謂：

　　　　有誰握得住呢
　　　　那最細最微的不安
　　　　一顆原子，渾圓地
　　　　旋轉，帶動龐大的焦慮
　　　　但又看不見，細細微微
　　　　彷彿　　空

　　　　也能千億千億地累積
　　　　成堆的不安，也能壓疊得成
　　　　寧寧靜靜的外表
　　　　無限堆成有限
　　　　不可見的疊成可見的

　　　　而撞擊是必要的吧
　　　　不平凡是平凡的毀滅
　　　　還是釋放？
　　　　當至大的精靈由至小的瓶口

翻身跳出

當五光爆開了原子的彩虹

當寂靜如花之崩潰，一波波

綻放，傾洩能量

向世界……[1]

　　白靈自行為〈雷射〉附上註解，給「正讀」該作的愛詩人提供了鑰匙：「6.02×1023分子形成一莫耳。水一莫耳十八公克，二氧化碳四十四公克。一莫耳可見，每一分子不可見。」然而，另闢蹊徑，讀者亦不妨像測不準的量子力學般，從三節詩的字裡行間「誤讀」出新義來——例如，可以用〈雷射〉概括漢武帝劉徹（前157-前87，前141-前87在位）長達六十年的統治史。

　　漢武帝剛即位時，年齡僅十六、七歲，朝廷大政實則掌握在太皇太后竇猗（?-前135）手中。竇猗信奉黃老治道，不喜儒家思想，武帝曾分別任用儒者申培（約前219-約前135）的弟子趙綰（?-前139）、王臧（?-前139）為御史大夫及郎中令，試圖革新，竇猗卻羅織趙、王罪名，逼得二人於獄中自殺；與此同時，漢武帝生母王娡（?-前126）亦能隨便處死兒子的男寵[2]。兩名女性長輩對漢武帝重視何人均有意見，她們共同使年輕的劉徹發出「有誰握得住呢」的慨嘆，令受到制約的他自覺權力「最細最微」，雖然坐在帝座，卻是個「看不見，細細微微」，甚至「彷彿　空」的存在，只能圓

---

[1]　白靈，《沒有一朵雲需要國界》，117-118。
[2]　詳見《史記·佞幸列傳》記載：「今天子中寵臣，士人則韓王孫嫣，宦者則李延年。嫣者，弓高侯孽孫也。今上為膠東王時，嫣與上學書相愛。及上為太子，愈益親嫣。嫣善騎射，善佞。上即位，欲事伐匈奴，而嫣先習胡兵，以故益尊貴，官至上大夫，賞賜擬於鄧通。時嫣常與上臥起。江都王入朝，有詔得從入獵上林中。天子車駕蹕道未行，而先使嫣乘副車，從數十百騎，騖馳視獸。江都王望見，以為天子，辟從者，伏謁道傍。嫣驅不見。既過，江都王怒，為皇太后泣曰：『請得歸國入宿衛，比韓嫣。』太后由此嗛嫣。嫣侍上，出入永巷不禁，以姦聞皇太后。皇太后怒，使使賜嫣死。上為謝，終不能得，嫣遂死。」韓兆琦譯注，《史記》，第9冊（北京：中華書局，2010），7374。

滑「渾圓」、順從順服地隨著太皇太后與太后「旋轉」。白靈的詩說，尚未親掌大柄的漢武帝就是「一顆原子」——「原」是最初、本來的意思，在以皇帝之尊號令天下之前，他首先是竇猗和王娡的「子」裔，不得不勒住心中的「不安」與「龐大的焦慮」。確實，直至竇猗物故，漢武帝才敢再次提倡儒術；要到晚年，他才敢找來與當初男寵外貌相似的女子，封為夫人。

　　不過，漢武帝大概還是得感謝祖母竇猗承襲的黃老治道。漢初經歷秦末動亂，國家一貧如洗，「自天子不能具鈞駟，而將相或乘牛車，齊民無藏蓋」[3]；幸得漢惠帝（劉盈，前210-前188，前195-前188在位）、漢文帝（劉恆，前203-前157，前180-前157在位）、漢景帝（劉啟，前188-前141，前157-前141在位）幾代統治者與民休息，奉行「無為而治」，漢朝的國庫才能「千億千億地累積」，武帝也因而擁有了大展拳腳、外攘四夷的資本[4]。

　　在開疆拓土的同時，漢武帝另有兩項重要的更革，其一是「罷黜百家，獨尊儒術」。漢武帝一意要作唯我獨尊的君王，他喜用酷吏，慣施嚴刑，卻睿智地拿來溫文爾雅的儒家作招牌，創建太學，設五經博士，令郡國舉孝廉，又提拔儒者公孫弘（前199-前121）、董仲舒（前192-前104）、兒寬（?-前103）等，示人以寬厚大度的形象，汲黯（?-前108）即批評武帝是「內多欲而外施仁義」[5]。在白靈的詩中，汲黯的話翻譯為：「成堆的不安，也能壓疊得成／寧寧靜靜的外表」，意思是武帝懷內有「不安」躁動，時常想攫奪更多利益，滿足更多私慾，但他卻總能「壓疊」著自己的真面目，對人擺出一副「寧寧靜靜的外表」。

　　漢武帝時期的另一重要變革，乃是推出一系列的新經濟政策，

3　韓兆琦，第3冊，2344。
4　漢初中央朝廷的經濟強固，詳見陳雨露、楊棟，《中國金融大歷史：從西周封建經濟到唐朝盛世真相（西元前1046~西元907年）》，第2版（新北：野人文化股份有限公司，2020），82-94。
5　韓兆琦，第9冊，7100。

包括鹽鐵酒專賣、平準法、均輸法、告緡法等等，而這些措施的成功，實皆以收回鑄幣權、統一發行五銖錢為基礎。漢初郡國及民間私鑄錢幣盛行，武帝經過六次幣制改革，才最終在元鼎四年（前113）把有關權柄收歸中央，使「無限」粗製濫造的劣錢重新「堆成有限」的精鑄貨幣，即上林三官錢，又稱三官五銖。白靈的〈雷射〉強調，幣制混亂曾一度使武帝各項經濟改革的成果「不可見」，唯自五銖錢流通之後，物價得到穩定，漢廷的金融力量亦賴以強固，滾滾而來的利潤才又「疊成可見的」了[6]。

漢武帝專注積蓄財力，原因為：與外敵的「撞擊是必要的吧」！元光三年（前133），漢武帝聽從朝中主戰派王恢（?-前133）的意見，變奉行和親政策為主動出擊匈奴；同年誘殲敵軍的馬邑之謀雖然失敗，武帝還是不懈地命將征討殊方，而衛青（鄭青，?-前106）、霍去病（前140-前117）等也終在元狩四年（前119）重創匈奴，打出了讓伊稚斜單于（?-前114）遠遁、「幕南無王庭」[7]的局面。此後，漢朝平定南越、西南夷、東越，勢力伸展至樓蘭、車師、朝鮮、大宛等，亦持續與匈奴作戰，白靈〈雷射〉中「不平凡是平凡的毀滅／還是釋放」兩行，可理解為：一、漢武帝「不平凡」的開疆拓土，使得較「平凡」的各處政權相繼「毀滅」，但邊境人民卻得以從敵國的威脅中「釋放」出來；二、漢武帝為了成就「不平凡」的事功，造成國內人口大量死亡，晚年時總計令超過四百萬「平凡」的百姓「毀滅」[8]，窮兵黷武的天子如何能推說那是「釋放」人民的潛能呢[9]？

終於，進入暮年的漢武帝迷信方士之說，命令鑄造托著承露盤

[6]　宋敘五，《西漢貨幣史》（香港：香港中文大學出版社，2002），97。
[7]　即「漠南無王庭」，指大漠以南沒有匈奴單于立腳之地。韓兆琦，第8冊，6605。
[8]　葛劍雄，《中國人口史　第一卷　導論、先秦至南北朝時期》（上海：復旦大學出版社，2002），389。
[9]　譏諷意味十足的評論，見史杰鵬，〈漢武帝為什麼要折騰百姓？〉，《活在古代不容易》（臺北：漫遊者文化事業股份有限公司，2016），108-109。

的金銅仙人，以期能飲甘液而不死；他所追求的永生卻沒有到來，反而是「至大的精靈由至小的瓶口／翻身跳出」，中外朝幾番因巫蠱釀成巨禍[10]，連武帝屬意作自己繼承人的太子劉據（前128-前91）也受累身亡——其「原子的彩虹」被炸斷，「原」先作為皇帝嫡長「子」、預定的燦爛人生也被「爆開」，碎滿一地，不堪回首[11]。

天子晚年本應安詳「寂靜」，武帝卻屢屢「如花之崩潰」，作出多番錯誤決定——巫蠱之禍尚自「一波波／綻放」，丞相劉屈氂（?-前90）及貳師將軍李廣利（?-前89）無法倖免捲入其中。劉屈氂被囚廚車遊街，然後遭腰斬，妻子兒女全部處決；李廣利正領兵在前線討伐匈奴，聞訊大駭，竟率漢軍投降敵國，武帝則惱羞成怒地屠戮了李廣利留在中原的家人。人們都擔心，再株連下去，漢武帝仇視巫蠱的「能量」就要「傾洩」到整個「世界」，舉國上下惶惶不可終日。

幸而，漢武帝像白靈詩末的省略號般，緩和了節奏，洩了氣，沒有再繼續揮舞其屠刀。他興建「思子宮」及「歸來望思臺」，懷念枉死的劉據之餘，亦對巫蠱冤獄有所反思。當桑弘羊（前152-前80）、田千秋（?-前77）建議武帝派人往輪臺屯田及修築碉堡以攻略西域時，歷年來志在四方的漢皇帝竟收束住那股「向世界」源源「傾洩」的「能量」，否決桑、田的計畫，並頒下罪己詔，提出要

---

[10] 黃仁宇（1918-2000）也曾將「精靈」與漢武帝時期的巫蠱互聯：「『蠱』音古，以三個『虫』字擺在一個『皿』字之上，乃是根據民間傳說，巫者將毒蟲毒蛇，放在一個器皿之中，讓牠們互相吞併淘汰，最後一個碩果僅存的怪物，是為蠱。巫者即操縱著這精靈，用咒詛符籙削製木人埋蠱地下諸等方式謀害敵對。」見黃仁宇，《赫遜河畔談中國歷史》（臺北：時報文化企業股份有限公司，1989），51。

[11] 「原子」依然解作「起初」和「兒子的身分」，在此指漢武帝原立為太子的劉據。白靈詩中的「五光」與巫蠱亦有關，據後世《隋書・地理志下》所載，製蠱者必於「五月五日聚百種蟲」，見魏徵等，《隋書》，第3冊（北京：中華書局，1973），887；另外無獨有偶，漢武帝時期第一宗宮廷巫蠱案，便是發生在元光五年（前130）的陳皇后（陳阿嬌，?-前116後）施咒事件，當時年號及年份正好包含「五光」二字。

回復漢初休養生息的大政方針[12]。「旋轉」了一生，漢武帝劉徹似乎又繞回祖母竇猗的膝前。

那麼，既說〈雷射〉與漢武帝密切相聯，它的標題又該如何解釋？白靈是碰巧在播「雷射」唱片，聽著薛覺先（薛作梅，1904-1956）、芳豔芬（周東仕，1926- ）的〈漢武帝初會衛夫人〉嗎？還是正讀著〈漢武帝射蛟賦〉，就抽出篇中「射」的主要事件，以及取「讚獲者鼓殷天之雷」一句的末字，併出個新題目？〈漢武帝射蛟賦〉有言：「始乎發若神兵，爆其有聲」[13]，的確似與白靈詩句「當五光爆開了原子的彩虹」前呼後應。測不準，只知道「誤讀」一過，〈雷射〉也像白靈本人那樣跨理科入文組，如一朵雲，不需要疆界。

---

[12] 林劍鳴，《秦漢史》，上冊，第2版（上海：上海人民出版社，2019），465。
[13] 張英等，《淵鑑類函》，第6卷（臺北：新興書局，1967），5692。

水曰潤下

詩意中的曖昧：
白靈截句詩輯「誤讀」

    白靈在修訂截句詩〈字的尖叫〉後留言說：「果然曖昧才有詩意！」字面不是寫性，卻使人聯想到性，這是創作和閱讀文學時不難遇見的情形[1]。白靈有一輯刊登在《乾坤》85期的截句詩，首首都有這樣的效果，這次先看其最後幾篇。

    〈九份雨〉：

> 開了窗像貓張了眼
> 遠山近海都睞在裡頭
> 這裡每間房都能伸懶腰
> 雨後淋濕的腿正等乾透

    錢鍾書（1910-1998）的〈窗〉說，理想的愛人總是從窗子進進出出，「要是從後窗進來的，才是女郎們把靈魂肉體完全交託的真正情人」[2]。白靈詩中，經營妓業的女娼「開了窗」期待可以交託肉身的霧水情人過訪，為自己帶來生意，不管客自「遠山」來，或自「近海」來，她都「張了眼」巴望著。她以宣傳的語調說：這裡每間房都能讓客人「伸懶腰」，放肆舒展筋骨，振作精神；女妓們

---

[1] 湯瑪斯‧佛斯特（Thomas C. Foster），《教你讀懂文學的27堂課》（*How to Read Literature Like a Professor*），張思婷譯（新北：木馬文化事業股份有限公司，2011），185-204。

[2] 錢鍾書，《寫在人生邊上／人‧獸‧鬼》（香港：天地圖書有限公司，2000），15。

「雨」（慾）後雙腿正「濕」，需要客人來「乾」（幹）透。

〈巢〉：

> 巢空著，空著形式
> 向天空欲抓飛走的內容
>
> 偶爾回憶乜斜眼
> 丟給你幾片翅的投影

　　經營妓業的那女人年紀已老大，「巢空著」可指她的卵子庫存量耗盡，也可指她剛排了卵還在安全期，這些都是她讓男客放心，不怕播種後留下子孫的說詞——她試圖用這些話「抓飛走」的客人。無奈現實是，她老了，魅力不再，「巢空著」意指無人再登門親熱，客人的臉容早消失在「天空」之中。可是，那妓女還是請路過的男人「偶爾回憶」她的青春日子——那時她只要「乜斜眼」，拋個媚波，男客就朝氣勃勃如「幾片翅」振起。回憶裡，她確有美麗的「投影」。

〈五月〉：

> 在郊外發現一座靜寂的空屋
> 屋內天窗下一柱斜光
> 一隻蜘蛛在結網
>
> 那就是整個五月的宅邸了

　　回憶無限美，但客人就是不光顧。雨季過了，春天的小鳥飛走，轉瞬便是「五月」。妓院客似雲散，彷彿變成「郊外」的「一座靜寂的空屋」。「蜘蛛在結網」用的是辛棄疾（1140-1207）〈摸

魚兒・更能消幾番風雨〉之典故：「算只有殷勤，畫檐蛛網，盡日惹飛絮」[3]，謂蜘蛛織網以攔擋無聲逝去的春意，可惜功效不彰，令人黯然神傷。插進「天窗」的「斜光」是太陽之物，衍義為「陽物」，而「一柱」則形容其壯碩如椽，爭奈妓女到底只見虛空和無法把握的「光」，不獲堅實、可以操持之物。一整個「五月」，老妓的生意都未見好轉。

〈時近中秋〉：

> 發燒的氣候誰來派員送醫？
> 臨窗的宮粉仙丹說要戴口罩
> 銀紋沿階草愛上了走遠的軟底鞋
>
>
> 黃昏映山紅，晚蟬是秋的計步器

「發燒的氣候」可理解為心中的慾火，急急需要「送醫」療治，意思是祈求客人快快登門。有些男人確已走到「臨窗」位置，距妓女的房間不遠，奈何這班「宮粉仙丹」不肯為老女人治病，還嘲笑女妓年邁體臭，見她時不是要戴避孕套，而是須「戴口罩」。同時，詩首行、次行的「發燒」和「戴口罩」又可解作妓院內傳染病蔓延（如「宮粉仙丹」花繁衍），女妓就更需籌措醫療資金了。屋漏偏逢連夜雨，妓院內唯一年輕、擁有柔軟下陰如「軟底鞋」的雛妓最近竟轉往他處謀生，那些「銀紋沿階草」般的客人也一同隨她「走遠」。「老舉眾人妻，人客水流柴」，這次連僅有的客人都流走了。看看「黃昏映山紅」，夕陽西下，在「晚蟬」的聒噪聲裡，老妓深知「秋的計步器」快將走完，年底繳租納稅的時候又到了。

---

[3] 辛棄疾，《辛棄疾詞：插圖本》（瀋陽：萬卷出版公司，2009），64。

〈孤磚〉：

> 一塊沒被砌上牆的磚頭
> 蹲在地上，是自由的
> 或該是悲哀的
> 做著被狂風吹上牆頭的夢？

賺不了錢的時候，唯有高揚尊嚴——沒有客人也是好的，不用被人花點錢就「砌」（粵語「幹」的意思）。可是，自比「磚頭」的妓女轉念又想，「磚頭」就該是「被砌」、「上牆（床）」的，若果無人理睬，一味「蹲在地上」，好聽點是「自由」，不好聽則是空虛寂寞冷「悲哀」。想到肉體無人問津，想到沒錢萬萬不能，老妓女很快又「做著狂風吹上牆頭的夢」，深願「狂」暴的客人如「風」襲來，把她「吹上」高潮的「牆頭」……她要錢，她要滿足，她全都要！

〈晨鳥〉：

> 鳥叫聲在窗臺上跳盪
> 它的影子你看到了嗎
> 風吹過，斜斜的，瀑布似
> 傾洩窗下剛睜眼晨光裡

「人又老，錢又無，連妓女也跑路，不死也是廢物」——這樣的說法在老妓心中迴盪不已，令她精神恍惚。她問仍在身邊的其他半老女娼，「鳥叫聲在窗臺上跳盪」，是不是有「鳥」的漢子在窗旁七上八下地心跳呢？「它的影子你看到了嗎」，客人的影子你們瞧見了麼？古人是風聲鶴唳、草木皆兵，老妓是「風吹」草動、花「影」橫「斜」，就激動得高潮連連，如同「瀑布」，對「窗下」

掠過的哪怕一絲絲「睜眼」似「晨光」也都「傾洩」不停。

〈斷〉：

因一顆果實的掉落
輕了的枝枒突地抬頭
想看清是離了還是放了果？
夜臨時才借風撫摸自己的空

這輯詩來到最後一首，該截即截，當斷便「斷」，但讀者的想像卻不受限制，詮釋的可能不止一端。〈斷〉之所言，或許是老妓最終等到或花錢請來一名窮漢，窮漢體虛，沒幾下就「掉落」了「果實」，老妓幾乎不曾意識，只覺那小小的一根如「輕了的枝枒」抽出，沒料到窮漢「突地抬頭」，噢，完事了。窮漢也在想，他是「離了」（漏了），還是「放了果」（射了），是不是滑洩他自己也說不清。「夜臨時才借風撫摸自己的空」一句，如果主語是窮漢，那他是「撫摸」已清「空」的陰囊，搖搖頭慨嘆「夜臨」的暮年，那話兒果然不濟事了[4]；如果主語是老妓，歷經春、夏、秋，她在一年、一生的「夜臨」之時，人財兩空，唯有「借風撫摸自己的空（胸）」，聊以自慰，稍填「空」虛之感。嗚呼！

「詩人節電影截句徵稿」來了，前述〈九份雨〉的妓女可連上改編自黃春明（1935- ）小說的電影《看海的日子》[5]；上文的窮漢，形象乃轉自關錦鵬（1957- ）電影《胭脂扣》「當年撒尿射出界，今日撒尿滴濕鞋」的陳振邦[6]；旗下年輕妓女跑路的老娼，則

---

[4] 靄理士（Havelock Ellis），《性心理學》（*Psychology of Sex: A Manual for Students*），潘光旦譯注（北京：生活・讀書・新知三聯書店，1987），382-383。

[5] 編者按：電影《看海的日子》中，妓女白梅的家鄉即是九份，與〈九份雨〉標題相配。

[6] 編者按：余境熹在前文引述的「老舉眾人妻，人客水流柴」，亦是《胭脂扣》的對白。

是周星馳（1962-）電影《九品芝麻官》裡的烈火奶奶；至於行文中的「空虛寂寞冷」、「全都要」、「人又老，錢又無，連妓女也跑路，不死也是廢物」等句，均是《九品芝麻官》的對白。白靈這組詩，已為「電影截句」的活動敲響鑼鼓。

木曰曲直

詩是靈魂的飛行器：
白靈截句詮釋

離肉身遠遁，打造星鏈計畫
若來尋我，請到太空相會

你運你的我轉我的軌道，對人間
偶發訊號，俯瞰地球但拈星微笑

————白靈〈詩是靈魂的飛行器〉

大話西遊：白靈〈西域〉擴讀

　　白靈的截句詩〈西域〉以高僧法顯（337-422）西行為靈感來源，標題下引述《佛國記》文字：「遍望極目，欲求度處，則莫知所擬，唯以死人枯骨為標幟耳。」[1]但審視全篇，白靈的〈西域〉不僅有法顯行腳，亦有玄奘（602-664）、李華（714-774）的蹤跡：

這裡每一粒砂都倒得出馬蹄聲
頂得住暴風的石都閃爍著刀光
自視野之極一隻蒼蠅突降我鼻尖

---

[1] 郭鵬、江峰、蒙雲注譯，《佛國記注譯》，法顯原著（長春：長春出版社，1995），5。

此一瞬，寧靜是世界上最大的耳朵

　　首行說每粒細砂都藏著戰馬蹄聲，次行復飛出凜冽「刀光」，此皆極言「西域」兵災之多，「死人枯骨」除亡逝的商旅、僧眾之外，更多是來自「古來征戰幾人回」的歷代將士。法顯《佛國記》其實未嘗寫浩浩平沙上的戰事，但其在「遍望極目，欲求度處」之前，曾先言沙漠地帶「上無飛鳥，下無走獸」[2]，這令白靈憶起李華的〈弔古戰場文〉[3]：「鳥飛不下，獸鋌亡群」，是以便將「馬蹄聲」、「刀光」等移入詩中。〈弔古戰場文〉有謂：「戰矣哉，骨暴沙礫！鳥無聲兮山寂寂，夜正長兮風淅淅」，這不僅對應著白靈引述的「死人枯骨為標識」，更催化出〈西域〉末行的「寧靜」──此「寧靜」一如李華的「寂寂」背後有「風」鳴，至深的靜謐亦是「最大的耳朵」，空漠上杳無人聲，只有如鬼魅的悲風無盡迴盪，尤能凸顯人類在茫茫野地的極端渺小與絕然孤寂。

　　法顯《佛國記》「遍望極目，欲求度處」之所在，名為「沙河」，後來玄奘西行求法亦曾橫越該處，如《大慈恩寺三藏法師傳》記述：「從此已去，即莫賀延磧，長八百餘里，古曰沙河，上無飛鳥，下無走獸，復無水草」[4]，延續了法顯寫沙河「上無飛鳥，下無走獸」的筆法。在初入沙漠時，玄奘「惟望骨聚馬糞等漸進」[5]，與「唯以死人枯骨為標幟」[6]的法顯也相似，不過「馬糞」更易促人想到白靈〈西域〉中的「蒼蠅」。「蒼蠅」常纏繞屍體腐肉，與死亡緊密相聯，學貫中西的白靈可能還參考過別西卜

---

[2]　　郭鵬、江峰、蒙雲，5。
[3]　　黎娜，《中華美文大全集》（北京：中國華僑出版社，2011），364-365。
[4]　　慧立、彥悰，《大慈恩寺三藏法師傳》，孫毓棠、謝方點校（北京：中華書局，1983），16。
[5]　　慧立、彥悰，14。
[6]　　郭鵬、江峰、蒙雲，5。

（Beelzebub）和《蒼蠅王》（*Lord of the Flies*）的象徵[7]，這些又都與「死人枯骨」可以勾連。

特別的是，玄奘在沙河確體驗過奇異的「寧靜」。《大慈恩寺三藏法師傳》說玄奘「至沙河間，逢諸惡鬼，奇狀異類，遶人前後」[8]，令他頗受騷擾，即使口唸「觀音」名號亦驅之不去，必待誦出《心經》，才使得群魔「皆散」。此外，凡遇見「夜則妖魑舉火，爛若繁星，晝則驚風擁沙，散如時雨」的情況，玄奘必「專念觀音」，保持「心無所懼」，甚至缺水時「口腹乾燃，幾將殞絕」，他仍「臥沙中默念觀音，雖困不捨。」以玄奘的經歷來看，「自視野之極一隻蒼蠅突降我鼻尖」可寓指死亡逼近，而他並無畏怕，張開內心「最大的耳朵」來聆聽菩薩之教，便即恢復「寧靜」。

略作補充，「自」是「鼻」的古字[9]，「鼻」在埃德加・愛倫・坡（Edgar Allan Poe, 1809-1849）、芥川龍之介（AKUTAGAWA Ryunosuke, 1892-1927）的小說、周芬伶（1955- ）的散文中也常用以隱指「自我」[10]——受「西域」平沙的歷練之後，玄奘可謂脫胎換骨，盡釋自我，「突降」在「鼻尖」的死亡變得不再足懼[11]，而跨

---

[7] William Golding, *Lord of the Flies*（Harmondsworth: Penguin Books, 1960）；亦可參考桂令夫（KATSURA Norio）等，《惡魔事典》（*Dictionary of Demons and Devils*），北山篤（YAMAKITA Atsushi）、佐藤俊之（SATOU Toshiyuki）監修，高胤喨、劉子嘉、林哲逸合譯，朱學恒、楊柏瀚中文版審定，第3版（臺北：奇幻基地出版，2007），56-57。

[8] 慧立、彥悰，16。

[9] 許慎，《說文解字》，徐鉉校定（北京：中華書局，1963），74上。

[10] 可分別參考Edgar Allan Poe, "Some Passages in the Life of a Lion (Lionizing)," *The Edgar Allan Poe Collection*（London: Arcturus Holdings Limited），39-44；芥川龍之介（AKUTAGAWA Ryunosuke），〈鼻子〉（"The Nose"），《羅生門》，黃瀞瑤譯（新北：野人文化股份有限公司，2015），51-63；周芬伶，《雜種》（臺北：九歌出版社有限公司，2011）。

[11] 巧合地，莎莉・哈維・芮根斯（Sally Hovey Wriggins, 1922-2014）在其追蹤玄奘的名著中亦曾表示：「他不朽的橫渡沙漠之行，以及西行萬哩求法之初所見到的異象，所具現的乃是英雄行徑共通的特質。唐僧玄奘跋涉千哩凶險的流沙與崇山峻嶺，不但堪稱中國的馬可波羅，也可說是一趟心靈之旅，因此，他是同時進行內在和外在之旅，其中的特殊價值自不待言。」見芮根斯，《玄奘絲路行》（*Xuanzang: A Buddhist*

越的「一瞬」將為玄奘，也為當時的中日諸國張開「最大的」、傾聽佛法的「耳朵」，影響至巨。

蝴蝶效應：白靈〈春景〉衍義

白靈於2021年5月11日發布截句詩〈春景〉，配合所附照片，共同為讀者呈現一幅春天復甦的美麗圖畫：天氣回暖，蝴蝶結束冬眠；新葉茁長，微風之中搖曳；而葉的形狀和蝶的身姿二而為一，彼此「換位、交錯」，更令人想到連「小老太婆」也來了精神，如春般踏出「舞步」。〈春景〉全詩是：

> 滿園蝴蝶合力拍動著春天
> 所有葉子DJ地拚命點頭
>
> 蝶影在地面換位、交錯
> 如小老太婆醉醺醺的舞步

白靈這種以「蝴蝶」、「葉子」，乃至「小老太婆」動作——「拍動」、「點頭」、「舞」——來暗示春天回歸的筆法，多少能讓人想到山德羅・波提且利（Sandro Botticelli, c. 1445-1510）的名畫《春》（*Primavera*），後者所繪的克洛里斯（Chloris）唇上生花、佛洛拉（Flora）撫腹，而邱比特（Cupid）待要射出愛情之箭，墨丘利（Mercury）則以手杖撩撥烏雲等，皆有著春回大地的寓意[12]。

Pilgrim on the Silk Road），杜默譯（臺北：智庫股份有限公司，1997），41。

[12] 陳馨儀，《世界名畫鑑賞入門：品味101幅西洋藝術經典之美》（臺中：晨星出版有限公司，2020），16-17。

波提且利以人物動作暗示春回
Sandro Botticelli, *Primavera*, late 1470s or early 1480s

　　波提且利在《春》裡運用了眾多希臘羅馬神話典故，白靈的〈春景〉亦含藏彩蛋。詩末「醉醺醺」的快樂即是英語merry，令人聯想到眾人歡喊「Merry Christmas」的聖誕節，示意春天在12月25日之後漫步而至。自然，諳熟掌故的讀者當已憶起，12月25日本非耶穌基督降生之期，而是羅馬人紀念太陽神的冬至節——據儒略曆，12月25日之後日照時間逐漸變長，這正是「春景」再臨的必要條件[13]。特別的是，「小老太婆醉醺醺的舞步」幅度不大，此又與冬至節後緩緩升高的地上氣溫相應。

　　然而，除了自然意義上的季節交替外，由於「春」在文學藝術

---

[13] 關於聖誕節起源的整理與當代新詮，可參考C. P. E. Nothaft, "The Origins of the Christmas Date: Some Recent Trends in Historical Research," *Church History* 81.4（2012）: 903-911。

中常蘊情色意味，此亦能影響人對〈春景〉的詮釋[14]。離經叛道一點，〈春景〉裡有「DJ」、「醉醺醺」和「舞步」，這些都屬夜店裡的元素；推而言之，「在地面換位、交錯」也彷彿是形容人影在迪士高球投射下的凌亂姿態。那麼，「滿園」色彩斑斕的「蝴蝶」或可隱喻尋歡作樂的紅男綠女，而相貌身材較遜的「抱歉男」、「抱歉女」則是扮演襯托角色的「葉子」，只能「拚命點頭」，幫忙炒熱氣氛。

但考慮到〈春景〉末行的「小老太婆」，我另有更遠離作者原意的怪說。那「滿園蝴蝶」可能盡是男性——所謂「蝶戀花」，花是女子，蝶則是男的；著名的「梁祝」故事裡，兩名主角最終化蝶，其實可解作祝英台變成男性，與在書院時期便已愛上她的梁山伯延續前緣[15]。

我想到，「小老太婆」花了大錢，「滿園」英俊的「蝴蝶」男子便「合力」煽起「春天」的氣氛，讓她自覺回春；其他侍立遞酒的服務員也像「葉子」般「拚命點頭」，刻意附和「小老太婆」的話，要她賓至如歸；而「蝶影」的「換位、交錯」，則是指眾「蝴蝶」輪番作伴，有時也你觸我碰，肉體相纏。結果，「小老太婆」開了一支又一支酒，擲出一疊又一疊鈔票，買來「醉醺醺」，同時在恭維聲中邁出了沉湎「春景」的「舞步」。

這是極樂，抑或虛空？且由讀者自作不同的詮釋。白靈的截句詩小巧如「蝶」，輕搧翅翼，便足以在愛詩人心中捲起如旋風的聯想——這種「蝴蝶效應」，適可以證明小詩不小。

---

[14] 例如Facebook詩論壇曾徵集「春之截句」，許多詩人便都由「春」寫及情色。這裡舉出卡夫（杜文賢，1960-2019）的〈她〉，以便參考：「走動的風裡什麼都沒有，除了／忽隱忽現的春色／／如果剝開風／我能不能看見全裸的妳」。

[15] 朱大可，〈《梁祝》故事的誤讀和矯正〉，《上海戲劇》2（1994）：14-15。

宋詞東渡：白靈〈遺〉解密

白靈在2021年6月14日寫成截句詩〈遺〉，末尾一句屬開放式提問，讓讀者在裊裊餘音中自行運思，卻不必真有答案。本篇則強作解人，讀〈遺〉而補「遺」，試著給出白靈所言「詞人」的確實身分。如此探源，不為扼殺其他讀者的尋思空間，純是分享一得之見。白靈的〈遺〉如下：

> 暮色把鐵道鋪向天空了
> 最後一隻晚雁也已飛入宋詞裡
>
> 潑剌跳起又掉進河裡的句子
> 會是哪位詞人遺留的袖子？

首行的「鐵道」是現代文明的重要標誌，但與之相連的「暮色」卻予人黯淡之感。在夏目漱石（NATSUME Sōseki, 1867-1916）的小說《三四郎》（*Sanshirō*）中，「鐵路」加快了日本的維新步伐，而劇變所蘊含的不安感亦同時揮之不去，某女子臥軌自殺一幕，就大大地刺激到男主角小川三四郎（OGAWA Sanshirō）的心靈。

恰巧，那時三四郎聽說野野宮宗八（NONOMIYA Sōhachi）的妹妹染了病，他胡思亂想，竟將宗八妹妹和臥軌女子疊合起來，認為二人一同死去；三四郎還將宗八的妹妹想像成自己在池畔一見傾心的女性，因此更加難過。這種由「鐵道」延伸的負面情緒，正好可與「暮色把鐵道鋪向天空」相聯，且其中有著懷思所愛的因子。

懷思所愛是「宋詞」的慣見題材，以「晚雁」托意之作亦屬

不少，其中一例是晏幾道（1037-1110）[16]以「晚雲和雁低」收結的〈菩薩蠻‧其八〉。晏幾道在這首詞裡說：「江南未雪梅花白，憶梅人是江南客。猶記舊相逢，淡煙微月中」。他既是憶梅，又是憶人，二事密不可分，這和三四郎將多位女性的形象重疊豈無相似之處？

不過，更有效的證據實見於白靈詩的第三行：「潑剌跳起又掉進河裡的句子」。「潑剌」是水的拍擊聲，一般與「魚」聯用，如張方平（1007-1091）〈臨池玩游魚〉有云：「潑剌出數尺，怒跳何健輕」[17]，如此即可推知白靈詩行末的「句子」是隱喻著「魚」。「魚」和〈遺〉第二行的「雁」合併，便是「魚雁」，能借指書信，如所謂「魚雁往返」、「魚雁傳情」等，華文讀者絕不陌生。

在「宋詞」中大量使用「魚雁」者，晏幾道算是較凸出的一位。他的〈蝶戀花‧其一〉云：「蝶去鶯飛無處問，隔水高樓，望斷雙魚信」，〈蝶戀花‧其十三〉亦提到：「遠水來從樓下路，過盡流波，未得魚中素」，皆是以「魚」連繫書信。晏幾道的〈蝶戀花‧其十四〉則兼用「魚」、「雁」：「欲盡此情書尺素，浮雁沉魚，終了無憑據。」

此外，晏幾道〈生查子‧其三〉謂：「關山魂夢長，魚雁音塵少」，〈菩薩蠻‧其三〉謂：「香在去年衣，魚箋音信稀」，〈南鄉子‧其六〉謂：「深意托雙魚，小剪蠻箋細字書」，或是見「魚」，或是「魚雁」並見；行文相似的〈撲蝴蝶‧風梢雨葉〉和〈撲蝴蝶‧煙條雨葉〉，前者言「魚箋錦字，多時音信斷」，後者言「蠻箋錦字，多時魚雁斷」，都足證晏幾道寫「魚」、「雁」之多。

可以說，晏幾道的詞常有「晚雁」來「飛入」，又不乏「潑

---

[16]　以下引錄晏幾道諸作，俱見張草紉箋注，《二晏詞箋注》，晏殊、晏幾道原著（上海：上海古籍出版社，2010）。

[17]　張方平，《張方平集》，鄭涵點校（鄭州：中州古籍出版社，1992），67-68。

刺跳起又掉進河裡」的「魚」，我們將白靈未明言的「哪位詞人」鎖定為晏幾道，實有一定根據。白靈〈遺〉的最後一行說「詞人」有「遺留的袖子」，而一提起晏幾道，今人最容易吟出他的〈鷓鴣天・其一〉：「彩袖殷勤捧玉鐘，當年拚卻醉顏紅。」該詞的主旨是「從別後，憶相逢」，這跟三四郎憶念所愛、〈菩薩蠻・其八〉「猶記舊相逢」，以及眾多「魚雁」承載的思念都是一致的。

然而，要說晏幾道即為白靈所提之「詞人」，「彩袖殷勤捧玉鐘」還非關鍵。至於晏幾道詞寫過「曾攜翠袖同來」、「雙紋彩袖」、「已拚歸袖醉相扶」、「折得疏梅香滿袖」、「歸來雙袖酒成痕」、「長帶粉痕雙袖淚」、「才聽便拚衣袖濕」、「暖風鞭袖盡閑垂」、「幾處睡痕留醉袖」、「藕絲衫袖鬱金香」、「年年衣袖年年淚」……「袖」的用例極多，本篇亦毋庸逐一檢視。

結合白靈之〈遺〉，最應引錄的，當是晏幾道的〈喜遷鶯・蓮葉雨〉：「蓮葉雨，蓼花風，秋恨幾枝紅。遠煙收盡水溶溶，飛雁碧雲中。　衷腸事，魚箋字，情緒年年相似。憑高雙袖晚寒濃，人在月橋東。」這首詞悉載「飛雁」、「魚箋」和「雙袖」，實為〈遺〉的底本，白靈關於「詞人」的暗示全部取自茲篇。特別的是，〈喜遷鶯・蓮葉雨〉的詞眼為「恨」，與白靈詩的標題聯合，適為「遺恨」。

晏幾道〈鷓鴣天・其十六〉嘗言：「手撚香箋憶小蓮，欲將遺恨倩誰傳。歸來獨臥逍遙夜，夢裡相逢酩酊天。　花易落，月難圓，只應花月似歡緣。秦箏算有心情在，試寫離聲入舊弦。」他憶念「小蓮」，欲寄「魚雁」（香箋），卻不知請誰傳達，因此心頭雖「潑刺跳起」了一些感人的「句子」，但很快「又掉進河裡」，未能成篇，只好任由「最後一隻晚雁」空手歸去——「遺恨」所本，乃在於此。

析說迄今，敏銳的讀者當已發現，一邊廂，我以「晏幾道」為答案，正面回應白靈之問：「會是哪位詞人遺留的袖子？」另一邊

廂，我又不時提及夏目漱石的小說《三四郎》，而該部分和「宋詞」似乎扞格不入，難以互聯。事實上，我乃在同時解答白靈深埋的另一題目：現代的「鐵道」和古典的「宋詞」如何能交織在一起？

答案是靠「詞人遺留的袖子」。原來在夏目漱石的小說裡，三四郎和里見美禰子（SATOMI Mineko）首次正式交談時，三四郎特別注意對方的「袖」：美禰子從袖裡伸出手，又把耷拉下來的袖口撩到肩頭，露出兩隻細嫩的胳膊，而其搭在肩上的袖筒，則襯著悅目的內衣袖口，這一切叫三四郎看得都呆了。另一細節是：三四郎在初識美禰子時，曾把她的名片放入「袖」中，到美禰子要另嫁他人，夏目漱石則寫美禰子把潔白的手帕裝進自己「袖」口，情緣的起結乃以「袖」為標識。

三四郎的世界曾經是「繁星滿天，土堤下的鐵路一片死寂」（一面の星月夜で、土手下の汽車道は死んだように靜かである[18]）；但到和美禰子的戀情無疾而終後，一度喜歡仰望「天空」的他便再也高興不起來——「暮色把鐵道鋪向天空」，是指「死寂」入侵了「繁星」綴滿的心靈，以致三四郎在小說終篇只知喃喃地唸：「迷羊、迷羊」。其不幸的愛情，直如晏幾道所書：「花易落，月難圓」，「欲將遺恨倩誰傳？」而白靈撰〈遺〉，即是替三四郎：「秦箏算有心情在，試寫離聲入舊弦。」

能量轉移：白靈〈分身〉裂變

近讀崎雲（吳俊霖，1988- ）的專欄文章，其中有言：「詩的歧異性不是自然而然發生，而是詩人透過形式、意象、遣詞上的設計、調整與修改所產生出來的效果，從而使得一首詩，能夠在具有

---

[18] 夏目漱石（NATSUME Sōseki），《三四郎》（東京：角川書店，1951），60。

不同人生經歷的人眼中，得到不同的解讀與審美效果。」崎雲並舉他所作〈我身心俱疲啊你呢你呢你呢〉為例，明示詩句「傳聞救世的人已經落了下來」的「落」字可作正反兩解，一種是「墜落」，一種是「降臨」，從而導出迥異的詮釋[19]。

崎雲的「落」體現了字詞的多義性，以術語言之，它構成一種「語義空白」[20]，留下了罅隙，供讀者介入其間，參與文本的裂變。這種裂變在白靈2021年6月28日的〈分身〉中亦屢屢可見：

在雄雄火焰中呼嘯嚎叫的肉體
終究明白了什麼是能量

寫一首詩就幸運多了：瞧自己老去
卻誕生比自己完美的分身

「在雄雄火焰中呼嘯嚎叫」的，可以指將被火葬的已逝之人，他們只剩「肉體」，靈魂早已離開軀殼，其「嚎叫」是不能用耳聽見的，卻兀自傳達著對火焚後進入未知世界的驚惶。

與此同時，讀者也可將發出「嚎叫」的主體視為觀看火葬過程的親友。他們與死者有著深厚情誼，頃刻見屍身燃盡，徒餘冷冰冰的骨灰，心底難以接受，想起昔日種種，除卻慟哭，即為「嚎叫」，聲音在灰暗的火葬場內迴盪，何其淒厲。

筆者就〈分身〉第二行的「能量」向白靈查詢，白靈謂「能量」確實可有兩解，其一是「肉身被點燃，燒至極致的能量」，其二是「兩人肉體互撞互纏產生的能量」。這裡的第一解與上述屍身

---

[19] 崎雲（吳俊霖），〈在虛擬中見實境〉，《指認與召喚：詩人的另一個抽屜》，趙文豪、崎雲、謝予騰、林餘佐著（新北：斑馬線文庫有限公司，2020），89-92。

[20] 趙忠山、張桂蘭，〈文學空白類型及其意蘊〉，《齊齊哈爾師範學院學報》4（1998）：43。

焚燒的想法契合，而第二解則可用於親友「嚎叫」的佐證——親友們與死者曾有密切互動，「互撞互纏」，累積下來的情感「能量」使人在永別一刻更覺難捨。

不過，無論視「嚎叫」是由屍體抑或親屬發出，〈分身〉首段的死亡意味皆甚明顯。與死亡對抗，白靈在詩的第二節舉出「寫詩」。所謂「瞧自己老去」，「自己」可理解為詩人。想想李白（701-762），想想杜甫（712-770），他們的物理身體雖會「老去」，慢慢步入死亡，可是詩即是他們的「分身」，能夠持續存在，與天地同壽，且讓人長久憶念創作者；同時，人總不免有大大小小的缺點，「詩仙」、「詩聖」亦無例外，但他們的詩卻可臻於「完美」之境，與日月齊光，獲得不息的讚譽——與詩人相比，作為「分身」的詩真是「幸運多了」。

另一方面，「自己」也可以指詩本身。詩在時間的長河中「老去」，被後浪推湧，亦有遭淘汰之虞。然而，世世代代的讀者接續關注，接續參與，他們的詮釋能為文本注入生命力，足以讓一首「老去」的詩「誕生」無數個「分身」，歷久常新——晚唐李商隱（約813-約858）的〈錦瑟〉即為顯例[21]，現代人鄭愁予（鄭文韜，1933- ）的〈錯誤〉亦然，在析說者的迴響中，它們得以一直享譽文壇[22]。

綰合來說，白靈的〈分身〉從「嚎叫」、「能量」到「自己」都有著不同的理解可能，演繹下來，便「誕生」許多「分身」，吸引讀者介入發揮。筆者的這一系列文字，題目或曰「擴讀」，或曰「衍義」，或曰「解密」，實質皆是讓文本「裂變」，釋放作品的潛能，希望更多愛詩人前來接棒，讓「分身」一直「誕生」。

---

[21] 鄧中龍，中冊，1272-1278。

[22] 蕭蕭、白靈、羅文玲編著，《傳奇鄭愁予：鄭愁予詩學論集1〈錯誤〉的驚喜》（臺北：萬卷樓圖書股份有限公司，2013）。

編者跋

　　余境熹演義白靈諸作，輯一題曰「五行遇見世界史」，輯二名為「五行詮釋現代詩」。前一「五行」，指的是每首限定五行的白靈詩篇；後一「五行」，則是與中國傳統的金、木、水、火、土五行有關。

　　先說輯二，作點注解。

　　「火曰炎上」：白靈在〈演化〉謂「夢想是非常毛毛蟲的」，其妙喻背後，是展開翅膀的夏日星火，有朝足以燎原[1]。余境熹的〈夢想起航〉就主題言，正配合這種火舌躍躍向上的特質。中醫學裡，火對應「心」，夢想即是由心啟程。

　　「土曰稼穡」：白靈的「截句詩運動」如土地，有時也承載不同壓力，卻兀自堅實地化育新苗。土對應「脾」，白靈的好脾氣讓他以溫雅的〈魚跳〉來抒發個見，回應批評，不必真的發起脾氣來。

　　「金曰從革」：余境熹筆下，漢武帝在〈雷射〉的三個階段是預備征戰、征戰及後悔征戰。金鐵交鳴，秋聲悽切，刀光劍影。金對應「肺」，活在大時代，百姓能不能呼吸，端視漢皇開疆是否「意未已」。

　　「水曰潤下」：行雲流水地，余境熹匯合從數齣電影而來的靈感，寫女媧經歷生意寒冬，苦悶盈胸。清者閱之，不知會否一掬同情淚？水對應「腎」，如果是淫者，耽讀〈詩意中的曖昧〉，腎臟

---

[1] 另一詩例，是白靈的〈野營〉：「天地上下，唯一爐燒紅的夢供應著能量」，見《五行詩及其手稿》，171。

負擔怕「很大」，要「忍一下」。

「木曰曲直」：白靈四首「截句」或擴讀，或衍義，或解密，或裂變，正好如枝條蔓展，一花數瓣。木對應「肝」，寫作前後，余境熹以肝病為由調治身體，文章寫好，小恙也霍然而癒。不算枯木，卻欣欣懂得回春。

再說輯一，侃些日常。

「內」、「外」和「雜篇」的規畫仿自《莊子》。余境熹服膺莊周「齊物」之論，雖出入文史，對耶律大石、伏爾泰、弗拉德和尤迪等人事跡如數家珍，仍不忘自爆對阿茲特克、匈人和熙德的認知其實是來自電子遊戲。雅俗之間，兼容並蓄，原靡界線；五行之詩，多元釋讀，亦無框限。故從中美洲起，乘「誤讀」，歷歐陸，穿西遼，越海峽，至福爾摩沙[2]，白靈的詩和讀者一同走向世界——關山路隔，但「詩是靈魂的飛行器」。

我常跟余境熹連線打《世紀帝國II》，閒聊時，總催他把《五行裡的世界史》寫好。但他喜歡控蒙古突騎，而未肯快攻，遊戲和現實的年份便一歲又一歲過去。說起來，他真有點道家「無為無不為」的氣定神閒。「誤讀」亦如是，不必給出標準四正的詮解，卻自可引人關注詩家原文，逗引來更多讀者的回響。是的，余境熹也放著加速的攻城武器不用，只等隊友去摧堅陷陣。不過說來奇怪，他每每被系統選為「最佳玩家」，莫非電腦亦「誤讀」？

嘗試「誤讀」白靈的一首「五行詩」，我認為當中的「水」可指文本，「魚」則指評論者（雖然是「魚」，但不一定姓余），而「魚群」便是慢慢積聚起來的析說文字：

　　　　魚是水想轉動的眼睛吧

---

[2] 　模仿余境熹設置「文化密碼」的筆法，這數句參考自姚鼐（1732-1815）〈登泰山記〉：「自京師，乘風雪，歷齊河長清，穿泰山西北谷，越長城之限，至於泰安。」姚鼐，《惜抱軒詩文集》（上海：商務印書館，1936），187。

一條魚像一顆　星　游　來

從不在同一位置停留

運動的魚群即

運轉的星系了[3]

　　應該看出，「水」（文本）是「想轉動」的，想要有活力，
不願成為封閉的死「水」；而「從不在同一位置停留」的「魚」即
來「轉動」它，給它豐富的詮解可能。保持「運動」，「魚群」旋
舞，慢慢便會形成「星系」，像之前有黎活仁、楊慧思、楊宗翰主
編的《閱讀白靈》，像此時有余境熹都為一集的《五行裡的世界
史》。

　　余境熹獨力撰成的白靈論文，尚有〈論重複與白靈短詩音樂
美——以《白靈短詩選》為中心〉、〈假裝有原因：蕭蕭《假裝是
俳句》、白靈《截句的原因》「誤讀」〉、〈康白情、白靈、劉正
偉「誤讀」：《百詩集》式的預言詩試解〉及〈「歷史」的省思：
白靈《野生截句》〉等多篇。這次它們沒收進集內，算是未歸隊的
「魚群」，或許會另組「星系」，與後續研論白靈的新章一起「轉
動」。

　　事實上，余境熹懷藏著許多「正讀」白靈的想法，如白靈的長
篇敘事詩、散文和詩題「與」字的運用、手稿的修改問題等等，他
都有所留心，論題的庫存量飽滿，「轉動」、「運動」都不難。而
若繼續「誤讀」，嗯，應該寫寫薩拉森和蒙古吧。為了建造和守住
「世界奇觀」，要認真起來了！

顧嘉鏗

《刻意》藝文誌發行人

---

[3]　白靈，〈水因魚而自由〉，《五行詩及其手稿》，131。

余境熹詩學寫作年份

1999

起初，腦袋空虛混沌。
好像聽過康橋，借來《新詩三百首》卻沒曾翻開。
晚上是晚上，早晨是早晨，這是頭一日。

2004

朋友是空氣，分為不寫詩的，和寫詩的。
差忒（黎文鋒）把墨水鋪開，一本詩刊叫《圓桌》。
晚上各自思念，早晨言不及義，是第二日。

2009

研討會把專家聚在一處，我首次寫新詩論文，「誤讀」便露出來。
我看著是好的。
「誤讀」陳夢家、周夢蝶、商禽、張默、鄭愁予、
辛牧、林彧、姚時晴……論文各從其類，事就這樣成了。
「正讀」王白淵、隱地、林煥彰、席慕蓉、沙白、落蒂、
蕭蕭、白靈、向陽、卡夫、劉正偉、楊寒……論文各從其類，事就

這樣成了。

晚上寫稿，早晨講學，是第三日。

2012

白靈偶爾勸我寫詩，在漳州，忽然像點亮光體。

晝夜以詩作記號，定節令、日子，填滿年歲。

擺列在臉書，不作興投稿，得了一些獎。

叫作〈舞男〉的星，我看著是好的。

晚上，在陌生的床採擷靈感；

早晨，以尚溫的手寫光興奮，是第四日。

2015

在《創世紀》設讀詩專欄，海中、地面、天空，滋生的論文繁多：

碧果、非馬、張堃、杜十三、陳素英、吳德亮、

陳義芝、謝振宗、林柏維、孟樊、楊才本、吳錡亮、

曾琮琇、成碧、漫漁、洪郁芬、蘇家立、

莊仁傑、廖啟余、利文祺、宋尚緯、翁書璿、林宇軒……

也許並未各從其類，但我看是好的。

晚上有胡思亂想，早晨有言語道斷，是第五日。

2021

從書肆買回1995年版《新詩三百首》，

不時約《圓桌》的主編秀實吃飯；

編藝文誌，跟差忒約稿。

匯輯一些舊章，出版幾種新作，

印數眾多，最怕遍滿地面。
照著我的形象，按著我的樣式，去生養讀者，
青草，已賜給我作食物。

我看著一切所造的都甚好。
晚上猶是晚上，朝暉兀自朝暉。第六日過了。

秀威經典　　　　語言文學類　PG2677　台灣詩學論叢22

五行裡的世界史：白靈新詩演義

編　　　者 / 顧嘉鏗
作　　　者 / 余境熹
論叢主編 / 李瑞騰
責任編輯 / 陳彥儒
圖文排版 / 蔡忠翰
封面設計 / 蔡瑋筠

出版策劃 / 秀威經典
發 行 人 / 宋政坤
法律顧問 / 毛國樑　律師
印製發行 / 秀威資訊科技股份有限公司
　　　　　114台北市內湖區瑞光路76巷65號1樓
　　　　　電話：+886-2-2796-3638　傳真：+886-2-2796-1377
　　　　　http://www.showwe.com.tw
劃撥帳號 / 19563868　戶名：秀威資訊科技股份有限公司
　　　　　讀者服務信箱：service@showwe.com.tw
展售門市 / 國家書店（松江門市）
　　　　　104台北市中山區松江路209號1樓
　　　　　電話：+886-2-2518-0207　傳真：+886-2-2518-0778
網路訂購 / 秀威網路書店：https://store.showwe.tw
　　　　　國家網路書店：https://www.govbooks.com.tw

2021年12月　BOD一版
定價：260元
版權所有　翻印必究
本書如有缺頁、破損或裝訂錯誤，請寄回更換

讀者回函卡

國家圖書館出版品預行編目

五行裡的世界史:白靈新詩演義/顧嘉鏗編;余
　境熹著. -- 一版. -- 臺北市:秀威經典, 2021.12
　　面;　　公分. -- (語言文學類;PG2677)(台灣
詩學論叢;22)
　　BOD版
　　ISBN 978-986-99386-8-6(平裝)

　1.新詩 2.詩評

863.21　　　　　　　　　　　　110017441